ハヤカワ文庫JA
〈JA1571〉

知能侵蝕 2

林　譲治

早川書房
9053

目次

知能侵蝕2

登場人物

■国立地域文化総合研究所（ＮＩＲＣ）

的矢正義……………………………理事長兼最高執行責任者

大沼博子……………………………ＡＩ担当理事。副理事長

町田泰造……………………………法務・マクロ経済担当理事。副理事長

新堂秋代……………………………災害・事故調査担当理事

大瀧賢一……………………………宇宙開発担当理事

吉田俊介……………………………社会動向調査担当理事

荻野美恵……………………………医療・公衆衛生担当理事

■東洋カーゴエクスプレス

柴田健夫……………………………統括施設部長

■ＩＡＰＯ

ハンナ・モラビト博士……………事務局長

加瀬修造……………………………ＮＡＳＡ臨時職員

■筑波宇宙センター

長嶋和穂二等空尉…………………第三管制室観測班長

天草志穂……………………………同・観測班員

■海上保安庁・巡視船ひぜん

大久保理人…………………………船長

山下修………………………………砲術長

■オシリス

宮本未生……………………………航空宇宙自衛隊一等空佐

武山隆二……………………………技術者

相川麻里……………………………会社経営者

1　オシリスの中に

二〇三X年五月七日・オシリス

航空宇宙自衛隊一等空佐の宮本未生《みやもとみお》の乗る居住モジュールは、小惑星オシリスにより捕らえられた。小惑星表面に蠢《うごめ》く蟲のような何かが融合した触手に、居住モジュールごと搦《から》め捕られたのである。

すでに彼女は自分が遭遇し、観測したさまざまなデータを宇宙服に記録し、応急処置の人工衛星として低軌道に送っていた。しかし、このような触手に搦め捕られる前の作業ゆえに、今現在の状況までは伝えることができなかった。

宮本は通信システムを再度点検してみるが、外部との通信はやはり一切できなかった。どうもアンテナに損傷があるようで、送信はもちろん受信もできない。外界の電波信号はまったく入ってこなかった。

この状況でできることといえば、とりあえず宇宙服を着用し、水や酸素カートリッジを手の届くところにある壁のメッシュバッグに収めることくらいだ。いまはまだ居住モジュールは機能しているが、オシリスから生えている触手が少しでも力を入れれば、瞬時に破壊されかねないのだ。

しかし、いまのところは居住モジュールを破壊するような動きはない。通信装置とスラスターは作動しないが、生命維持装置関連は正常に機能している。だからしばらくは生きて行けるだろう。とはいえこの状態が続くとも思えない。

そしてその予想は当たっていた。窓が触手と同じ素材に塞がれた。微かな加速度を感じるのは、どうも触手の中に飲み込まれているからだ。宮本は居住モジュールを消化する巨大生物のようなものをイメージしたが、むろんこの小惑星が生物とは思えない。ただ、単純な機械でもなさそうだ。生物と機械の中間のような印象を持っていた。

移動しているような感覚はしばらく続いた。加速感は非常に微細で、どこに向かっているのかわからなくなっていた。居住モジュールそのものが方向を何度か転換している気もしたからだ。

そうした移動の感覚は数時間続いたような気がした。時計を見れば三時間ほどだが、開始と終了が曖昧なのでもっと長いかもしれない。最初に触手に捕らえられた時は、はっきりとした重力を感じていたが、それは段々と弱くなって行った。

弱い重力の中、弱い加速度で移動するような不思議な動きなので、方向がよくわからないのである。ただ時間のわりに移動距離はそこまで長くない気はした。

そして窓の周囲が明るくなる。触手が離れたのだろう。宮本はカメラで周囲を観察する。驚いたことにカメラに映る映像は、体育館ほどの広さの天井の低い空間であった。壁は岩石質で、まばらに点光源が散っている。空間の明るさはそのためか。

外部が真空かどうかはわからない。大気圏内に再突入するカプセルなら外気を計測する機能もあるが、この居住モジュールにはそんな機能はない。宇宙空間に設置されるものに必要ないからだ。

宮本はそこで機能を停止しているスラスターを作動させてみた。四酸化二窒素とヒドラジンを接触させて推力を発生させるスラスターで、いままでは作動しなかった。だが今度は正常に作動し、茶褐色のガスが立ち上る。つまりここは真空ではなく大気がある。

もしやと思い、冷却システムをチェックしてみると、稼働率が下がっていた。ラジエーター周辺に大気が存在することで、冷却効率が上がり、過冷却防止のために稼働率が下がっているのだ。

やはり大気はあるが、そこで呼吸できるかどうかはまた別だ。ただここは呼吸可能ではないかという予感はあった。自分はここに招かれたという印象を受けたからだ。

どうして居住モジュールと宇宙船をまとめて招き入れないのかはわからない。何かの偶然か、明確な意図があるのか。

宮本は外に出ることにする。居住モジュール内にいても事態は何も改善しないし、自分の任務はオビックに関する情報収集ではないか。招かれている可能性があるなら、なおさらだ。

それでも宇宙服は着用した。ただ外に大気があっても呼吸ができない組成の場合、宇宙服はあまり長時間は着用できない。体内の熱を宇宙服の外に逃すのに、バックパック内の水の蒸散を活用しているためだ。これは外が真空であることを前提に設計されている。大気があれば冷却効率が落ちるので、長時間の活動は無理だ。

まずエアロックのハッチを開放する。普通に開いたが、どうも外気は一気圧であるらしい。これは地球と同じ環境を再現しようとしているのかもしれない。

宇宙服のセンサーは酸素分圧と窒素分圧、さらに二酸化炭素濃度が呼吸可能であることを示している。とはいえ宇宙服を脱いで外に出る気にはならなかった。少なくともしばらくは着用すべきだろう。

エアロックから外に出てみると、直径二五メートル、高さ五メートルほどの円形の空間の中心に居住モジュールは置かれていた。ラジエーターだけは床の岩盤と一体化しており、どうやら熱はここから逃げていたので、暑さを感じなかったようだ。

カメラではわからなかったが、空間内の壁には出入り口らしいトンネルがあった。岩肌が剝き出しのように見えたが、よく見ると表面は加工されており、空気の流出などはないようだ。

オシリス内部には弱い重力があった。居住モジュールが吸収される前に計測したとき、宮本は内部にマイクロブラックホールが存在するという結論を得ていた。オシリスと居住モジュールの運動からそう推測できた。

いまいる空間の重力を計測できるものは時計くらいしかないが、宇宙服のツールを落として接地までの時間を計測してみると、概《おおむ》ね〇・一五Gという結論になった。これがブラックホール由来なら、五〇〇メートルほど離れた場所にいることになる。つまりオシリスの端の部分に位置する。

自分が触手に拉致されたのがブラックホールに近い側であったから、触手は居住モジュールを捕まえたまま、オシリス表面を移動していたことになる。

それは自身の体感とも符合するものの、やはり信じがたい事実であった。おそらくこの小惑星は、どのレベルかは不明だが表面をあのミリサイズの機械類に覆われているのだろう。それが放射線防御なのか、ある種の自己修復機能のためかはわからないが、オビックの技術力の高さを見せつけられた気がした。

洞窟の探検はそれほど長時間は行わなかった。準備不足ということもあるが、分岐点が幾つもあり、迷う恐れがあるからだ。オビックと遭遇するかどうかはわからないが、洞窟そのものは立体的なかなり複雑な構造のようだ。調査にはそれなりの時間が必要と思われた。

同時に自分がいない間に居住モジュールがどうなるかが心配になったこともある。オビックに解体されていないとも限らない。彼らに悪意がなかろうとも、あれを解体されてしまったら自分は三日と生きてはいられない。

しかし戻ってみると、幸いにも居住モジュールは残っていた。エアロックの開閉記録を確認しても、宮本の後から侵入した者はいなかった。宇宙服を脱いで食事をし、それから宇宙服のカメラの映像と慣性誘導装置のデータを読み取らせ、洞窟の立体地図を作ろうとした。

だが、この試みは予想外の形で頓挫した。慣性誘導装置の解析ソフトは、惑星のように地表面の重力加速度がほぼ等しい環境を想定している。しかし、オシリスは質量がほぼ一点に集中しているため、移動するだけで表面重力の強さが変化していた。このため慣性誘導装置のデータに法則性はあるが、かなり狂っていた。

これは解析ソフトを書き換えれば対応できるのだが、そのためのツールは宇宙船側にあり、居住モジュールにはなかった。もともと宇宙船とドッキングしてその状態で擬似的な宇宙ステーションを構成する計画だったので、それでも問題は感じられなかったのだ。

宇宙飛行士としての宮本を打ち上げ前に支援してくれた加瀬《かせ》の事前の説明では、居住モジュールのコンピュータでも、プログラム開発は可能だという。

「OSはオープンソースなので、ターミナル画面でパスを通してからVimを立ち上げ、コードを書いて、実行すればいいんですよ」と加瀬は言っていた。

むろん宮本もプログラム開発は訓練として経験はあるが、それとてIDE（Integrated Development Environment：統合開発環境）を用いたものであり、加瀬が言っていたような「Vimという失われた古代の知識」は使ったことがなかった。そもそも宮本はモジュール内の装置に対してプログラムを書き換えられるほどの知識はなかった。それは任務外の話だ。

ただ計測結果に影響が出るのは、主に上下方向で、左右方向にはあまり影響はなかった。おそらく自分がいる場所はマイクロブラックホールの直上に近いのだろうと宮本は判断した。とりあえず解析アプリが表示する不思議な立体図から、オシリス内の現実の構造を読み取っていくよりない。

こうして宮本は調査を再開する。もはや必要とは思えなかったので宇宙服は着用しなかった。

居住モジュール内にはマーカーがあったので、洞窟の床に日付と時間、さらに進行方向を記入する。万が一にも迷った時のためだ。これ以外には戻ってからのデータ解析の都合でもある。一定時間で何メートル移動したのか、それを記録するわけである。

もっとも計測器は時計くらいしかないので、距離は歩数で測る。これでも自衛隊の人間なので歩幅を一定にして歩くことはできる。

こんな地道な作業を二日ほど行なった結果、宮本はオシリス内部の構造が一筋縄ではいかないことを思い知る。解析アプリの結果は、矛盾していた。昨日は存在しなかったはずの通路があるかと思えば、存在していた通路の中には消えたものもある。

最初は計測ミスを疑った。しかし、昨日と同じルートを録画した映像を見ながら歩こうとしても、明らかにルートが違っていた。じっさいマーカーで記した日付も繋がりがおかしくなっていた。

信じがたいが、オシリス内部の地下通路は一定時間で組み替えられているのではないか？　壁は明らかに岩であるが、あの自分を捕まえた触手のような素材なら、あるいは自然に組み替えることも可能だろう。

ただ、それが可能としても、そんな機構をわざわざ組み込む理由はわからない。そもそもオビックの正体も意図もわからないのだから、ここで理由を考えても正解には到達しないだろう。

状況が変わってきたのは、さらに二日ほど経過してからだった。すでに地下通路が日毎に変化しているのは明らかだった。ただ居住モジュールのコンピュータを使うことを宮本は控えていた。居住モジュールの主電力は太陽電池だが、オシリス内部ではそんなものは使用できない。いままでは内部バッテリーで稼働させていたが、その電力も半分を切ったいま、何を稼働させるかは慎重な判断が求められたからだ。

とりあえず生命維持装置の電源は落とすことにした。内部の空気も温度も呼吸可能なので使わずに済む。これでかなりの電力削減になった。

メインコンピュータの電源も落としたのは、何かあった時に宮本にとって情報処理の最大の武器となるのもメインコンピュータであるからだ。これを緊急時に稼働できるだけの電力は確保する必要がある。

そうしたある意味、窮乏生活を続けるという判断を宮本は下した。レーションは温めたほうが味はいいが、常温でも食べられるように作られている。コーヒーや紅茶もあるけれど、生きるためなら水でいい。

そうして宮本は、居住モジュールを捨てて、オシリス内の地下通路のパターンを探ることに専念した。

居住モジュールのハッチを閉めた時、表面にエラーメッセージとコードが表示されていた。センサーのエラーであるらしい。メインコンピュータの電源は落としたため、システムから独立しているハッチ内蔵のコンピュータからのものだ。

ハッチが壊れれば、内部の空気は一瞬で抜けてしまう。だからメインコンピュータが機能を停止した時も、最終防衛線として、独立したコンピュータが内蔵されているのだ。

このエラーメッセージは地上訓練でたまに目にした。エアロックのセンサーが外圧が一気圧と感知すると、「宇宙空間にしては気圧が高すぎる」とセンサーの故障だと判断するものだ。メインコンピュータのOSアップデートなどを行うと、ハッチ内蔵のコンピュータがこうした判断を下す。

こうなるとハッチは開かないが、いささか面倒な手順で内蔵コンピュータを停止すればハッチは開けられる。ただ宮本にとって、このエラー表示は自分の決断を後押ししてくれるようにも思えた。

　ともかくいまは地下道の調査だ。他にできることもないという身も蓋もない理由もあるが、この地下通路の組み替えがある種の試験、ちょうど知能検査のような意味を持つような気がしたからだ。

　つまり組み替えパターンの規則性を見つけたならば、オビックに対面できる。そうした目的があるのではないかと考えたのだ。

　しかし、ある日の調査で状況は一変した。宮本は地下通路の一部に自分以外の人物が描いたとしか思えない記号を見たのだ。

　A
　24

　そして、その下におそらく正の字を描く途中なのだろう、三を示す記号を認めた。さらに別のルートを調べるとC7という記号があり、そこには一を示す記号がある。

　どうやらオシリス内部には自分以外の人間がいて、同じように地下通路のパターンを知ろうとしているらしい。

　宮本は興奮した。この小惑星の中に自分以外の人間がいる。その人物と合流するか、少なくとも意思疎通できるのではないか？　その仮説は、すぐに証明された。A35という記号を見つけたときだ。その周辺には夥《おびただ》しい日本語が刻まれていた。

どうやら武山隆二《たけやまりゅうじ》と相川麻里《あいかわまり》という二人の人物がいて、互いの証言に食い違いはあるものの、兵庫県の山の頂上にある廃ホテルでオビックのロボットと遭遇し、宇宙船に連れ込まれ、オシリスまで運ばれたということらしい。そして記述を信じるなら、それは一ヶ月ほど前の出来事だ。ちょうど軌道の晴れ上がりが問題となっていた頃だ。

武山と相川のやりとりは、最後にはこうなっていた。

「相川麻里様

以下の質問に答えてください。

・高校二年の文化祭が終わった時のイベント

・卓二が飼っていた猫の名前

・僕の通っていた高校（高一の時と高二以降）

よろしくお願いします」

「武山隆二様へ

回答です。

・文化祭の後で体育館の裏に呼び出すというベタなシチュエーションで、文化祭実行委員の武山隆二という生徒が、同じく文化祭実行委員だった相川麻里という生徒に交際を申し込んで玉砕しました。
・卓二は猫なんか飼ってません。あいつが飼ってたのはインコのメイちゃんです。
・武山隆二さんの通っていたのは私と同じ神戸高等学校で、三年同じ高校です。
納得いただけましたでしょうか？」

どうやら武山という人物は、相川との証言の食い違いから、彼女が本物かどうかを確かめようとしたらしい。そして相川は二人しか知らない情報から、本人確認を成功させた。

重要なのは、最後の書き込みだ。

「明日、ここで会いましょう」

つまり、武山と相川は邂逅《かいこう》に成功し、以降はこうした壁にメッセージを刻む必要がなくなったのだ。二人のメッセージを信じるなら、彼らが再会できたのは四月半ばごろであり、ざっといまから三週間ほど前だ。

メッセージによると、オビックは食料や水は提供してくれるらしい。ただそれ以上の情報はなかった。当事者であるからわざわざ触れなかったのだろう。

宮本にとっては、この武山と相川との邂逅が最優先課題となった。彼らがいまも健在であれば、オビックについて誰よりも多くの情報を持っていると思われるからだ。

問題はどうやって実現するかだが、それは比較的簡単だ。彼らのようにメッセージを壁に書いておけばいい。武山は地下通路が規則性を持って組み変わると考えていたらしい。そして状況から二人が邂逅できたというのは、その仮説が正しかったのだろう。

方針が立ったら、宮本はすぐに動き出したが、それは武山や相川も同様だったらしい。過去に自分が記したはずなのに消えていた記号が再び戻っていた。同時にその記号の横に、新たにメッセージが記されていた。

「あなたは誰？

Who are you?

五月一一日　武山隆二・相川麻里　記す」

　メッセージが戻ってきたこともさることながら、武山と相川が生きていたことは宮本を大いに元気づけた。つまりこの二人はオシリスの内部で一ヶ月以上も生き抜いてきたということだからだ。

「私は航空宇宙自衛隊の宮本未生といいます。異星人の調査のために急遽打ち上げられた宇宙船ごとこの小惑星に取り込まれました。五月一二日」

　オビックとかオシリスという単語はあえて使わなかった。この二人がここに拉致された時点では、そんな単語を二人が知っていたとは思えなかったからだ。

　おそらく宮本が地下通路に描いた文字列に反応したのだろうが、彼女の記号は数字とアルファベットだけであり、それだけで何者かまではわからないだろう。

　メッセージは翌日には消えていた。それは地下通路の組み替えが行われたものと思われた。そして五月一四日になり、地下通路は再び組み替えられ、武山・相川のメッセージが戻ってきた。

「宮本様

トンネルは我々の観測では五つのグループに分かれており、それぞれのグループが八個のトンネルを抱えています。つまりトンネルのパターンは八の五乗、三万二七六八通りあります。

五つのグループのうち、第二と第三グループの転換パターンは一定で予測可能なため、第二と第三の接点部分に移動することで、接触は可能です。

なおこのメッセージを書いているトンネルは第一グループに属し、転換のタイミングは予測不能です。このメッセージを数日以内に読めたとすれば、幸運に恵まれたと考えるべきです。

もしもこのメッセージが読めたなら、あなたが五月九日一六〇〇と記した場所が一五日に我々がいるトンネルと繋がるはずです。

相川麻里・武山隆二」

先行してオシリスに捕らえられていた二人は決して遊んでいたわけではなかったらしい。

一ヶ月以上ものオシリスでの生活の中で、こうした分析を行なっていたわけだ。

宮本としては尋ねたい話は幾らでもあったが、それは彼らと邂逅すればわかることだ。居住モジュールに招きたいところだが、彼らがトンネルと呼ぶ地下通路の組み合わせパターンが解析できるなら、相互移動はそこまで難しくはないだろう。

宮本は居住モジュールに戻ると、壁に貼り付けていたメッシュバッグを一つ選ぶと、その中に使えそうな道具を入れる。

まず宇宙服用の無線機を選ぶ。これがオシリス内で使えるかどうかわからなかったが、小惑星内部なら直線距離はそれほど離れていないはず。ならば通信が成り立つ可能性がある。彼らとともに生活することになったとしても、無線機があって困ることはない。

他に船外作業用のツール類やタブレットコンピュータと予備バッテリーを入れた。最大で七人が活動する計画だったので、こうした物資には余裕があった。

他にはゴミ袋や生理用品の類だ。相川や武山が何歳なのかわからないが、相川が閉経前ならこうしたものも必要なはずだ。とはいえオビックのような異星人が用意した環境の中で、そんな心配をすること自体が、非常に現実味が乏しい気がした。

必要なものを集めて「五月九日一六〇〇」と記した場所に移動する。過去の記録を残していたおかげで、問題の場所には移動できた。ただし宮本の記憶と実際の場所は違っていた。やはり地下通路は組み合わせを変えているらしい。分岐が一つ違っており、それに気がついてやり直して目的地に到達した。

改めて問題の場所を見ると、自分が書き記した覚えのない図形が描かれていた。四角や三角、丸という単純なものだったが、それらはすべて完全ではなく、どれもある部分から先が欠けていた。

しかし、それは描かれていないのではなかった。丸や四角を描いていたが、切れている部分で地下通路が組み替えられているということだ。この部分で移動するから、もしもここに留まるなら、この切断部分は避けろということだろう。

宮本は宇宙服用の記録カメラを着衣につけて問題の時間を待つ。武山や相川の観測結果が正しいかどうかと、具体的にどのような形で地下通路が組み替わるのかにも興味があった。

しかし、それは一瞬だった。通路に壁が突然現れたと思ったら、一瞬で消えて、再び通路になっていた。そしてその通路の向こうから二人の人間が現れた。

一人は三〇代前半くらいの男、もう一人は同世代の女。一ヶ月も外部との交流のない空間で生活したら、もっと不潔かと思っていたが、こざっぱりした格好で、着衣も清潔だ。二人とも作業着のようなものを着ていた。素材は普通に化繊《かせん》のように見えた。

「あなたが宮本さん？」

女の方が警戒感を露わに話しかけてきた。

「相川麻里さんですか？」

「そうだけど……やっぱり、人間なのか」

相川は何か納得できないらしい。

「私が信用できませんか？」

「客観的に見て、あなたを信用できると思います？　異星人探査のために国連が宇宙船を打ち上げて、それに乗っていたら捕獲され、小惑星の中に取り込まれたなんて話。宇宙船の打ち上げなんて、それこそ一年、二年の準備が必要じゃないの。それなのに一、二ヶ月で打ち上げて異星人に捕まったなんてご都合主義な話を信じられる？」

相川という女性はかなり頭が良さそうで、宇宙船の打ち上げについても正しい認識を持っている。しかし、この状況ではその思考力が障害として働いていた。

宮本自身が、あの宇宙船打ち上げは強引であり、通常ならあのような保安基準や安全基準を度外視した打ち上げなど行われないと考えるからだ。

「ただ、そんなことを言い出せば、宮本さんから見て、我々も怪しいよね」

武山と思われる男が言う。

「客観的に見れば、心霊スポットと言われる廃ホテルに行ったら宇宙人と遭遇して拉致されて宇宙基地に囚われた、なんて普通に考えたら」

「だよねぇ」

相川も同調するが、目は笑っていない。武山ほど宮本を信用していないらしい。

「私が信用できないとして、だとしたら私は何？」

「それは私たちが決められることじゃないでしょ、私たちにわかるのは、あなたが宮本と名乗っているというだけだから。

私と隆二は第三者が知らない情報の多くを共有し、それによって相手が本人だと判断できた。

だけど我々と宮本さんは何の接点もない。経歴やら何やらを語ってもらっても、私には判断できない。隆二は海自の仕事をちょっとしていたから、ある程度はわかるかもしれないけど、それでも宮本さんの話を判断できる水準じゃない」

「相川さんでしたっけ、あなた自身は私を何だと思ってるの？」

相川は武山と視線を交わした。どうやらこのようなやりとりを事前に予想していたらしい。

「私たちはこの一ヶ月の間に異星人の技術を幾つも目にしてきた。あなたは人間かもしれないけど、人間そっくりの何者か、かもしれない。それを私たちは区別できない。

異星人が私たち二人を観察していたのは間違いないでしょう。それで彼らが何を理解し、どこまで人間について知っているかはわからない。でも、相手はすべてを知っているという前提で動かないと危険」

「何か危険な目に遭ったの？」

宮本は、その危険な出来事が気になった。そうした面では素人より自分の知識が役に立つと思ったからだ。

「それは僕から説明しますよ、麻里は直接遭遇していないから」

武山がそう会話に入ったが、こうして情報を小出しにするのは、やはり自分が警戒されているものと宮本は判断した。

「心霊スポットの廃ホテルには僕と麻里の他に、矢野《やの》という友人も参加していたんです。そして彼は異星人のロボットに殺された。

ところが宇宙船の中に、その殺されたはずの矢野が乗っていた。しかし、奴は崩壊してしまった」

「崩壊？」

宮本は一瞬、武山を疑った。普通は人の死を崩壊とは言わない。

「崩壊としか言いようがなかった。奴の体内には砂つぶほどの小さな機械が詰まっていた。それが死体を動かしていた。しかし、人体について知識のない機械群は矢野の肉体を制御し切れなかった。奴の肉体は崩壊した。

僕はそれを見て逃げ出した。そして後から戻ったら、そんな死体はなかった。人間の身体を砂つぶレベルで解析し、情報を分析すれば、人間をほぼ完全に復元することは可能なはず。少なくとも、そうしたことが起きても不思議はない」

武山のいう砂つぶのような機械というのは、オシリス表面を覆い、居住モジュールを捕らえたあのミリサイズの機械群なのは間違いないだろう。それが人間を完全にコピーできるのかどうかはわからないが、武山の話に矛盾はない。正確には矛盾を指摘できるほどの知識が宮本にはない。

「これは、証拠になる?」

宮本は、持ってきたメッシュバッグの中身を広げる。

「NASAとJAXA、ESAの特注品だから、コピーは容易ではないはず」

「だからさ、宮本さん。私たち、NASAもJAXAもESAも現物を見たことないのよ。だいたいESAって何?」

しかし、無線機を触っていた武山が声を上げた。

「あぁ、この無線機のモジュールはこれか。はいはい、なるほど」

「どうしたの、隆二」

相川には答えず武山は、宮本にタブレットに触っていいかと尋ねた。

「いいけど」

宮本がそう言うと、武山はタブレットコンピュータに触れ、何をどうやったのか、持ち主の彼女が見たこともないような画面を表示させると、タッチパネルに現れたキーボードに何かを打ち込む。すると無線機のLEDが反応し、一連のコード群が表示された。

「あぁ、これは本物だね。いくら異星人でも、未知の文明の用途もわからない機械の電荷の状態まで読み取ろうとは思わないだろうからな。ハードウエアはコピーできてもソフトウエアまで再現するのはまず不可能だ。

説明するとね、これはソフトウエア無線機で、コンピュータを無線機として作動させるプログラムを組み込んだもの。僕も仕事で使ってた」

「なんで、そんなことするのさ、隆二？」

「ソフトウエアを書き換えればそのまま性能向上ができるというのがある。あと僕の仕事で言えば、ドローンってのは複数の組み込みコンピュータでできてるから、攻撃を受けて通信装置が破壊されても、システムが稼働しているなら、別のコンピュータで通信装置の機能を代替させられるってのがある。

あとは現場で同じ組み込みコンピュータだけを揃えればいいなら、補給とか整備が単純化できるってのがある。いまの日本は、物流も綱渡りだからな」

「そういえば、下竹原《しもたけはら》っていたじゃない。あいつスーパーのオーナーやってるけど、人手不足で愚痴ってたわ。家族経営でやっとこ回してるって」

「いまどき家族経営でやっていけるのか?」

「あぁ、だから防衛省から補助金もらってるって。有事に後方支援する契約で、POSシステムをICPOだったか……」

「それはICPOじゃなくてIDSPだ。POS関連の仕事もしたけど、スーパーやコンビニの物流システムに自衛隊の兵站《へいたん》を乗っけるって奴だよ。物流は本当に人がいないからな。もしかして下竹原のスーパーってでかい倉庫建ててないか?」

「建ててる、あれ関係あるの?」

「倉庫の等級にもよるけど、缶詰とかレトルト食品を備蓄するんだよ。等級が高い倉庫だと弾薬も備蓄する」

「それはないわ、倉庫ったってプレハブだもん」

武山と相川は、宮本を完全に忘れたかのような会話を続けていた。不自然なやり取りにも思えたが、オビックが人間の複製を作り出すとこの二人が考えているのなら、こうした記憶のすり合わせは、互いが人間であることの確認行為なのかもしれない。

「それで武山さん、私の疑いは晴れました？」

「まぁ、本物の人間と信じましょう。嘘でもここまで完璧なものを製造できるような相手なら、僕らには手の施しようがない」

武山の言い方は宮本にはかなり後ろ向きに聞こえたが、それはここでの生活の長さのためか。

「ねぇ、宮本さんが本当のことを言っているとして、宇宙船ごとこの小惑星に取り込まれたって書いていたわよね。宇宙船があるの？」

そう尋ねる相川に宮本は、外の世界での出来事をかいつまんで話した。自衛官としての守秘義務に触れない程度の情報だ。

相川や武山を疑っているためではない。守秘義務を守るのは、自分がいつか地球に戻ることができると信じているからだ。人類社会に戻れると信じているからこそ、オシリスの中でも日本の法に従うのである。

「つまり国連が民間の宇宙船を接収して、それで宮本さんはこのオシリスまでやってきたと。そして宇宙船と言っていたけど、それは居住モジュールという宇宙ステーションのようなものであるわけですね」

表現に棘《とげ》がある気はしたが、相川の理解は間違ってはいなかった。

「そうだとすると、居住モジュールで地球には戻れませんね」

「そうなるわね」

相川が何を考えているかわからないが、自力で地球に戻る方法を探しているように宮本には思えた。

「隆二、どう思う？」

武山は宮本のタブレットで何かを計算していた。

「居住モジュールの仕様を見ていたんだけど、オビックが邪魔をしないという前提でスラスターを全部一定方向に向ければ、地球低軌道に遷移できる速度成分は達成可能だと思う。ただ燃料残量の問題もあるし、居住モジュールの改造は碌《ろく》な道具もなしには無理だ。だから現実的に考えると、自力脱出は無理だろう。もしもここから地球に戻ろうとするなら、オビックの協力が必要だ。彼らは少なくとも宇宙船を持っている」

地球にどう帰還するか？　それは宮本も考えてはいたが、漠然と外部からの救援をあてにしていた。それだけに自力脱出を模索していた武山や相川の考えには軽くショックを受けた。

宮本にはあまりにも楽観主義的な発想に思えるのだが、しかし、オシリスで一ヶ月も生き抜くためには、まさにその楽観主義が不可欠だったのだろう。

「それで、居住モジュールのデバイスは、僕らにとっては貴重な資源です。オビックですか、その異星人とのコミュニケーションに僕らが成功していないのは、人間のコミュニケーション手段に限りがあるからではないかと思うんです。

彼らが僕らを観察しているのは間違いない。そうでなければ食事の用意やら何やらを行うことはできません。

また人間をこうして招いているというのも、何らかのコミュニケーションを意図してのものと考えられる。

にもかかわらずコミュニケーションが成立しないのは、使っている手段というかチャンネルが違うからです」

「それはわかるけど、国連も色々な手段でオビックには交信を試みてきた。しかし、彼らからの反応はなかった」

「それは人間の主観でしょう。オビックの目が地球を向いていなかったか、あるいはまったく別の部分を見ていた可能性もある。

しかし、オシリス内部ならオビックは確実に我々を観察している。そこでコミュニケーションの意図を理解したならば、そこからは交渉の可能性が開けます」

武山はそう力説し、相川も頷いている。宮本はこの二人の前向きさというか楽観主義が信じられなかった。ただ彼らが間違っているとも判断できなかった。何しろオビックの作った環境で、誰よりも長く生活してきたのが彼らなのだ。

またこの二人がオビックの用意したロボットか何か、人間ではない何者かであるという考えも宮本の中からは急速に消えていた。オビックにここまで人間的思考の再現が可能であるなら、人類と何らかのコミュニケーションが成立していたはずだからだ。

武山と宮本が会話を続けている間に、相川はメッシュバッグの中身を確認していた。色々な工具の類を並べ、分類している。よくわからないが、彼女も何かそういう職種に就いていた経験があるようだ。

「あぁ、もしかして気を使ってもらいました？」

相川は宮本が持参した生理用品に反応した。

「えぇ、まぁ、こういう状況ですから」

宮本もあまり正面から生理用品について話す気にはなれなかったので、そこは曖昧に流した。ただ相川の反応は意外なものだった。

「ご厚意はありがたいんですけど、ここでは役に立ちませんね。ストレスが半端じゃないんで」

　生存可能とはいえ、やはりオシリスでの生活は高いストレスを二人に与えていたようだ。相川が暗に生理が止まっていることを仄《ほの》めかしたのは、そういうことなのだろう。

「とりあえず、我々の住居に移動しませんか？」

　タブレットを閉じて、武山は宮本を誘った。

「別に我々と共同生活をしろとは言いません。というより、共同生活そのものが危険である可能性もあります」

「何かあったときに全滅するかもしれないから？」

　宮本にも思いつく理由はそれくらいしかない。ただ武山や相川のその判断が妥当であるかどうかには疑問があった。全滅回避策は各個撃破の危険と表裏一体だ。

「僕も麻里と色々と考えたんですけどね、一緒に住もうが住むまいが、身の安全という点では大差ない。オビックが僕らを殺すつもりなら、空気を抜けば済む話です。

　それでも彼らは我々を生かしている。彼らなりに目的のある行動なのでしょう。一つ明らかなのは、僕も麻里も同じ宇宙船で運ばれ、当初は別々に生活することを強いられた。

　しかし、結果的に我々は共同生活を始めるに至った。オビックがそのように仕向けたとしたら、宮本さんとの遭遇も、共同生活へ我々を誘導しようとした結果かもしれない。

そうだとしたら、あえて我々はオビックの誘導には従わない方がいいのではないか、ということです」

宮本には武山と相川の考えはかなり斬新なものに思えた。ただ話の道筋はいまひとつ見えない。

「従わない方がいいというのは？」

「オビックが我々を共同生活に誘導しようとしていると仮定して、我々がその流れに乗らなかったとしたら、オビックはどうすると思います？」

「うーん、いや、わからない」

宮本は率直にそう答えた。

「それでいいんですよ」

「それでいいとは？」

「我々がオビックが期待した通りに活動したならば、オビックは観察するだけで、我々の前に現れないかもしれない。しかし、自分たちのシナリオ通りに動かなくなったら、彼らはアプローチを変える可能性がある。

アプローチの変化とは、オビックに対する情報です。こちらの動きにあちらはどう反応するか？　その情報が手に入る」

「つまりオビックの期待に反する行動により、相手の反応を見るということね」

宮本は目の前の二人に対する認識を改めた。武山も相川もかなり聡明な人間であるようだ。そもそもオビックの拠点に幽閉されながら、悲嘆にくれて無気力になるのではなく、オビックに対して働きかけようとする意思を失っていないのは驚くべきことだ。

「そうであるなら、居住モジュールとあなたたちの住居とのアクセスを円滑に行うための地下通路の組み合わせを、もっと緻密に割り出す必要がある。そこは単純な組み合わせと確率の話だから、タブレットコンピュータでも十分対応可能でしょう。

当初の計画は失敗に終わったけど、居住モジュールには人数分以上のタブレットコンピュータがある。太陽発電モジュールは使えないけど、燃料電池で慎重に充電し続ければ、数ヶ月は使えるはず。とりあえず、あなたたちの拠点にもそれらを移動しましょう。我々がオビックと対峙するには、ＩＴデバイスだけが武器となるはずだから」

宮本はそうして武山と相川の住居に移動する。やや意外だったのは、二人が共同生活を営む洞窟とは別に、相川の生活拠点も用意されていたことだった。ただそこに立ち入らない程度の分別は宮本にもある。

武山と相川の生活拠点は直径一〇メートルほどの円形の空間であったが、石を積み上げた間仕切りにより三つの区画が出来上がっていた。プライバシーを考慮してのものだろう。

「ひと月たらずでこれだけのものを組み上げたの？」

道具らしい道具のない中で、これだけの作業は驚きだ。何より、小惑星としてのオシリスは金属成分の多い天体と言われていた。壁を削るのも簡単ではないはずだ。

「オビックが用意してくれたのか、元々の岩盤が脆《もろ》いのか、地下通路の一部はわりと簡単に剝離するんですよ」

そう答えたのは相川だった。

「成分はわからないんですけど、石灰岩に似てるんです。何億年も宇宙に置かれたからかわかりませんが、水をかけると急速に反応して、高温になり膨張するんです。だから反応が終わってから蹴りでも入れれば石板として剝離します。

この中は重力も小さいから、作業は楽ですよ」

「あっ、宮本さん、麻里は土建屋みたいな仕事もしてるんで、その辺は詳しいんです。そもそも僕らがここにいるのも、廃ホテルのリノベーションのためでしたから」

「それで剝離部分を叩くか何かして粉末状に砕いて水をかけると、急激に発熱して石板と石板の接着に使えます。水はオビックが提供してくれる量の範囲で収めなければなりませんけど」

どうやら彼らがオビックとのコミュニケーションに比較的楽観しているのは、衣食住の提供を受けているという現実にあるようだ。確かに彼らの視点で見れば、オビックが自分たちについてかなりわかっていると判断するのは自然だろう。

好意とは言わないまでも、彼らの主観では明白な敵意は感じられないのも確かだろう。もっとも、小惑星の中に拉致するという事実を無視すればだが。

住居の一角には何枚か石板が積まれていた。よく見れば、その表面にさまざまな記号と日時が記されていた。

「それですか？　地下通路の組み合わせの記録です。紙がないんでね。メッセージにも書きましたけど、たとえるなら拳銃のリボルバーのような構造があって、それが五つ並んでいる。それぞれのリボルバーの移動周期は違っている」

「それでも、周期と通路の組み合わせはわかったわけね」

「いまのところは」

武山は言葉を濁す。

「ある時期までは正確に通路の組み合わせが予測可能でした。しかし、五日から七日ほどで、五つのリボルバーのどれか一つが改変されるために、組み合わせパターンは定期的に更新されることになります。

おそらく、この組み替えも周期的なパターンがあると思うのですが、手計算では限界があります。コンピュータがあれば、解析は一気に進みます」

「地下道の組み替えパターンがリボルバーみたいなものだというのはわかるけど、そんな機構がこの小惑星の内部に本当に組み込まれているの？」

「それはわかりません。すべての地下道を我々二人で調査も監視もできませんからね」

確かにたった二人で地下道のすべてのパターンを解析するのは無理だろう。むしろここまで解析できただけでも驚くべきことだ。

武山は宮本のタブレットを操作しながら、解析用のプログラムを作成し始めた。一心不乱に打ち込めるのは、以前からアルゴリズムをずっと考えていたのだろう。

武山の技術者としての技量は高いようだ。自分が使ってきたタブレットの機能に、画面のキーボードからプログラムできるようなものまであるとは知らなかった。そんな機能を彼は当たり前に使いこなしている。

そうして石板に記録したデータを打ち込む。どうやら過去に計算したデータのようだ。プログラムが正常に動いているかどうかを確認しているのだろう。

その間に相川は宮本に、ここでの生活について話している。方法は不明だが食料と飲料水が提供されていることや、排泄物もいつの間にか処理されて消えていることなどだ。

「たぶん、この小惑星での食事の提供や排泄物の処理、いわゆる物質の循環は、宮本さんが見たミリ単位の機械群によって行われていると私たちは考えています。

　何度か捕まえてみようと思ったのですが、いまだに成功していない。まぁ、成功したところで、分析手段もない。スマホのバッテリーも空《から》ですからね。しかし、バッテリーが手に入ったので、虫眼鏡はなくても画像拡大はできる」

「活動は見たことがあるの、そのミリマシンの？」

「隆二は見てないけど、私は見ました」

　相川が自分の着衣を指差す。それもミリマシンが製造したという意味か？

「そうですね、鳩の死骸にウジが湧いてるのって見たことあります？」

「ないですけど、あなたが何を言わんとしているかはわかります」

「これらのミリマシンは、この小惑星の中での物質循環の要《かなめ》なのだと考える方が、筋が通ります。たとえばこの着衣ですけど、ミリマシンの小さな山があって、それが壁の中に溶けるように消えた後に、これだけが残ってました。着衣の中に下着まで用意されていたので、我々の生活が観察されていたのは確かだと思います。私の下着にはスポーツブラまで含まれてましたから。隆二のにはありません」

　それは排泄物から再生されているのか？　という疑問が浮かんだが、さすがに口にするのは憚《はばか》られた。しかし、武山がそれを察したのか答える。

「スマホのバッテリーがある間に調べたら、オシリスは2025FW05という小惑星で、これは金属質の小惑星と炭素質の小惑星が重力で緩く結びついたものらしい。そうですよね？」

「事前のブリーフィングでは私も、そう説明された」

宮本は人間に遭遇したことで、色々と話しすぎたことをやや後悔していた。誰がどこまでの情報を知っているのか、それを確認することで、相手の信用度を測ることができるのに、自分だけが一方的に話してしまったからだ。相川たちは宮本のことがわかったとしても、彼女には彼らのことはわからない。もっともそんなことを考えてしまうのは、多分に職業病というべきかもしれなかったが。

「オビックは廃ホテルを解体して、自分らの拠点にする過程で、残されていた食料品のサンプルから再現可能なものを作り上げたのだと思います。缶詰でしたからね、最初に出てきたのは。それから経験を積んで食料になり得るものの種類が増えてきました。

小惑星なら食料を再現するだけの材料は十分です。この着衣も木綿のような肌触りですけど、セルロースってグルコースを鎖状に重合《じゅうごう》させた繊維ですから、食料の再現に成功したなら、セルロースが合成できても不思議はない。

排泄物からの直接的な再生はまずないと思います。まず、それらは人間を理解する上での貴重な材料であること。それと排泄物の組成の大半は剝離した腸壁細胞と腸内細菌です。分子レベルで再資源化するには、構造が複雑すぎます」

「科学全般に詳しいのね。本当にベンチャー企業にお勤めなの？」

いまの日本は就職氷河期世代の危機的な管理職不足と、博士号取得者に代表される高度技能人材の深刻な払底を迎えている。

一方で、防衛力は整備するとの政府方針から、公的研究機関を中心に高度技能取得者を自衛隊の幹部に出向させることが増えていた。宮本を宇宙に送り出した、宇宙作戦群の加瀬にしても本来はＪＡＸＡの人間だった。

そういう状況の中で、武山のような人間に誰も声をかけないとは宮本には信じられなかったのだ。

「ベンチャーですけど、主たる事業は海保用の偵察ドローン開発です。ＩＤＳＰとも繫がるので、まぁ、防衛庁の仕事ですね」

「そうでしょうね」

宮本としては、そういう感想しか出てこない。そうしている間に武山のプログラムは地下通路のパターンについて解析結果を出していた。

「あぁ、わかりましたよ。単純な話だ。リボルバーの話をしましたよね。直列に並んだ五つのリボルバーの組み合わせって。それは大枠では間違っていない。ただリボルバーは六個あって、六個の中から五つ選んで地下通路のパターンを作り上げている。そして、そこで生まれる地下通路パターンの組み合わせが一定頻度で変化する。そう解釈すると計算が合います」

「どうしてそんなことをするわけ？」

宮本と相川が同時に尋ねる。

「僕に訊かれてもわかりません。仮説を立てるとすれば、未知のパターンと遭遇した時に人間の反応を観察するためでしょうかね。オビックも人間が壁に記号を刻むとは思ってなかったでしょうけど」

それから武山は何かに気がついたように、真剣な表情を浮かべる。

「この計算結果が正しいなら、六時間後に興味深いことが起きますよ。僕が最初にオシリスに到着した時、窓から地球を見たって言いましたよね。その窓に通じる通路パターンが開きます。六時間の間に組み替えが二回起こる。それを利用するんです！」

三人は武山の解析モデルを確認するためと、ともかく地球の姿を窓から見るために、彼が指示した方向に移動する。過去に壁に刻んだ記号が役に立った。

　そうして六時間後、彼らはいままでのむき出しの岩肌とは異なる通路に遭遇する。

「この通路はL字になっていて、L字の先が窓です」

　誰が言い出したわけではないが、三人は駆け出していた。そして通路の角を曲がり、そこで地球の姿が見える窓に遭遇した。しかし、それだけではなかった。

　窓前に一人の人間がいた。武山や相川と同じ作業着を着ているのは日本人、少なくともアジア人に見えた。

「あんたたちは誰だ？　宇宙人か？」

　その男は日本語で尋ねてきた。

「航空宇宙自衛隊一等空佐、宮本未生、あなたは？」

　宮本がまずそう身分を明かすと、男は急に居住まいを正した。

「陸上自衛隊第三六普通科連隊第一機動歩兵小隊、山岡宗明《やまおかむねあき》二等陸尉であります」

2 ミリマシン

二〇三X年五月一三日・第一野戦病院

ＮＩＲＣこと国立地域文化総合研究所（National Institute of Regional Culture）の医療・公衆衛生担当理事である荻野美恵《おぎのみえ》が兵庫県のその廃校に到着したときには、スタッフの中《なか》小路哲夫《こうじてつお》たちのトラックがすでに作業を開始していた。

そこは二〇年以上前に生徒数不足のために廃校となった中学校で、一時期は県のコミュニティセンターとして活用されていたが、経営悪化のため閉鎖され、解体費も捻出できないまま放置されていた施設だった。

「ありがとう、仕事早いわね、そっちのスタッフは」

荻野は、現場指揮に当たっていた中小路にそう挨拶する。

「何をすべきか、みんなわかってますからね。そういう人間に自由裁量を与えておけば、仕事は進む道理です」

中小路はそう言いながら、大型のタブレットを荻野に示し、進捗状況を説明する。

「県庁の雨宮さんには話がついてます。この敷地内はＮＩＲＣの管理下にあります」

「自衛隊は？」

中小路の対応に荻野は異論がなかった。全部自分たちで管理できれば面倒ごとは少ない。荻野も自分が扱うべき案件の概要は理解していた。兵庫県の山中にある廃ホテルにオビックの基地が見つかった。そこを攻撃した自衛隊の小隊が全滅したという。ただそれ以上の情報はまだ彼女も知らされていない。

「遺体を輸送するだけです。死傷者はいても負傷者はいませんから。オビックに首を切断されたとなれば不審死ですから検死が必要です。自衛隊の服務規程で、遺体の検分は検察と警察の管轄です。

とはいえ一個小隊全滅となれば、その検死を担えるスタッフがいるのはＮＩＲＣだけなので、こっちに話が来たんです。その辺はご存じと思いますけど」

「自衛隊病院から応援くらいこないの？」

「普通科連隊から連絡係は来るそうですけど、服務規程に従って医官も衛生官も出さないって連隊本部からさっき連絡が来ました。まぁ、仕方ないんじゃないですか。自衛隊中央病院でも看護師の充足率二五パーセント、医官にしても大差ないですから。平時だから非正規職員で数を揃えられますけど、ここに非正規職員は出せないでしょ。

それに防衛省からの非公式の打診なんですけど、遺体収容にあたった隊員のPTSDの面倒も見てほしいって要請も来てます」

「メンタルケアも？　自衛隊病院にだって心理士やカウンセラーも……人がいないわけ？」

「壊滅的なまでに。教育を受け、ちゃんとスーパーバイザーについてトレーニングを積んだ専門家そのものが日本全体で足りませんから」

「そうよね、いまどき日本で定数満たしている病院を見つけるのは、ツチノコ見つけるより難しいかもね。だいたい私が医学部の学生の頃から、看護師をはじめとする医療職不足ってあったからね」

「荻野さん甘いですよ。僕の母親は八〇年代に新人の臨床検査技師でしたけど、病院から看護師を紹介してくれたら五万円出すと言われてましたよ」

「はいはい、仕事に戻って嫌な現実から逃避しましょ」

ＮＩＲＣで医療・公衆衛生担当理事の荻野は、災害時の救急医療プロジェクト部門の執行役員も兼務していた。厚労省や総務省などが関わる国家プロジェクトであり、ＮＩＲＣの活動としては珍しく実務部門も自前で抱えていた。

自前の機材と人材を積んだトラックやコンテナを準備し、自前の機動力と通信回線で、被災地への緊急対応が可能な体制ができていた。その範囲は疫病の拡大から、自然災害、果ては戦闘被害にも及んでいる。

戦闘被害にも対応するのは、応急処置や外科手術など他の災害との重複部分が多いことと、深刻な人材不足の自衛隊がこの方面の対応について匙《さじ》を投げた結果でもあった。

実を言えば、こうした活動ではもう一つの組織があった。ＪＥＭＡ（日本緊急事態管理庁：Japan Emergency Management Agency）である。これは相次ぐ震災や自然災害の初期対応を効果的かつ迅速に行うための機関である。

ＪＥＭＡの創設には過去の自然災害への対応の反省と同時に、人材不足の自衛隊にこうした方面に割けるマンパワーがないことも影響していた。

ＪＥＭＡの専属職員は日本全国を担当するのに対して数千人しかいない。彼らの役割は、平時は各地域の防災物資の備蓄管理や、想定される交通インフラの途絶に対する最も効果の高い復旧手順の策定などである。

そして大規模災害が起きたならば、事前のシミュレーションで予想された災害規模に対応して物資輸送やインフラ復旧を、複数の県庁を束ねて広域連合を編成し、それらの上位機関として各自治体に命令を発する権限を持っていた。

ただ、現時点ではオビック問題は自然災害ではなく、そもそも災害認定される段階ではないため、協力関係にあるNIRC緊急医療プロジェクトチームだけが動いていたのである。

じっさい荻野たちのチームはJEMAと関係が深く、「都市部の災害」をも視野に入れた機材と人材の育成を、共同プロジェクトとして実施していた。日本社会全体の人材不足から、その医療システムは可能な限りの機械化と省力化が行われていた。

また血液検査や診断については、現場の検査機器を遠隔で被災地外のスタッフが扱い、現場の負担を可能な限り軽減することも目指されていた。トリアージも行われ、軽傷者に関してはリモート対応し、現場の医療リソースへの負荷を減らす工夫がなされていた。

生憎《あいにく》とJEMA自体は緊急時の指揮中枢機能を主たる業務としているため、実働部隊は自治体の人員を活用し、自身が動かせる即応部隊の規模は大きくない。だから協力関係にあるNIRCの医療チームの存在は重要だった。

とはいえNIRCの医療チームもフル装備は東日本と西日本に一つずつで、その役割は各自治体からの人員の研修と、自治体独自のチーム編成へのアドバイスなどであった。

廃校舎の校庭にはエアチューブの大型テントが二つ設置されていたが、中小路はそれを無視して、旧校舎に向かった。

「あのテントは？」

荻野の問いかけに対して、中小路は旧校舎の体育館を手で示す。

「遺体回収にあたった自衛官の隔離場所です。微生物検査まではやってないって話なので、安全確認のためにあそこに収容します。それは自衛隊側にも伝えました。現場は警察に依頼して封鎖しました。調査が終わったら、薬剤散布の予定です」

「ありがとう」

微生物検査については厚労省の通達で最近追加された。『地球外生命体との接触に関する一般的対処手段に関する通達』がそれだ。今回の事案について細菌検査の必要性が高いとは荻野にも思えなかったが、通達が出ている以上は無視もできない。

「動線としては、自衛官が遺体を体育館に運び、そこから彼らはエアドームに待機してもらいます。検死は体育館、検疫はエアドームの流れです。可能性は低いと思いますけど、微生物による汚染の可能性があるなら、そこは限局化したいんで」

「やることに抜かりないわね、いつもながら」

オビックがＮＩＲＣの課題となったとき、荻野と災害・事故調査担当理事の新堂秋代《しんどうあきよ》は、地球外からの微生物汚染についての検討チームを発足させていた。

この問題については、世界規模のパンデミックにどう備えるかという課題と重なる部分が多いため、それを基本に手順を作成していた。

一方で、荻野自身は、やはり微生物感染には懐疑的だった。人類がオビックの微生物に対して免疫がないのは確かだろうが、微生物側から見れば人体こそ未知の世界だ。

オビックの世界にウイルスが存在しても、それが地球生物の細胞を活用できる可能性はかなり低いだろう。細胞内の構造を活用できないとウイルスは増殖できない。

それより大きな微生物だとしても、人体の中で増殖できるかどうかはわからない。オビックの文明が長期間続いていて、微生物もその社会で共棲していたとしたら、オビック文明の担い手が人類によほど似ていない限り、そこで進化した微生物は人類文明の中では増殖不能の可能性が高いと彼女は考えていたのだ。

全滅した小隊の受け入れ態勢を整え終わったタイミングで、自衛隊のトラックが順次入ってきた。防護服を着用したＮＩＲＣ側のスタッフが、遺体を運ぶ自衛隊員に指示を出し、体育館での作業を終えた自衛隊員をエアドームへと誘導した。

体育館の窓と出入り口はシートで外気の侵入が遮断され、スタッフと自衛官の動線が交差しないように、床面の青テープと赤テープで進行方向などが区別されていた。基本的な手順に抜かりはない。荻野にとって、自分のスタッフの技量の高さを目にするのは何よりの誇りだった。

だが体育館の一部で、中小路が自衛隊の陸曹長と何か揉めていた。

「何か、トラブルでも？」

「それがですね、先生。遺体の数が合わないんです、一体足りない」

「足りない？　どういうことなんですか、曹長？」

問われた陸曹長も明らかに困惑していた。

「いえ、こんな失態はないはずなんですが。我々は演習の後の薬莢《やっきょう》だって全部拾うんです。戦友の遺体を紛失するなどあり得ないんですが……」

荻野も陸曹長の話に嘘はないと思った。戦闘の混乱はあったとしても、遺体を失うということはないだろう。

「それでどなたの遺体が紛失しているんですか？」

「ちょっと待ってください」

遺体袋にはバーコードが貼ってあり、どの袋が誰の遺体であるのかは、回収した自衛隊側ですでに照合が終わっていた。受付が終わった遺体袋をタブレットで参照すると、陸曹長は悲鳴をあげた。

「どうしました？」

「山岡小隊長の遺体がありません。消えてます」

「消えてるって？」

「処理されていないとしか……」

陸曹長が困惑するのも当然だった。最初から遺体が回収されていないなら、遺体袋のバーコードが登録されているはずがない。登録されているというのは、遺体袋に収容する段階まではちゃんと存在が確認されていたということだ。その後、別の場所に移動したとは考えにくい。

「すいません、何かの手違いかもしれません。すぐ、確認します」

陸曹長は分隊の人間を招集し、遺体を輸送したトラックを再検査するところから作業を始めた。

意外なことに、山岡小隊長の遺体袋は一台のトラックの中で見つかったが、そのことは関係者をなおさら当惑させた。

「未使用のものと判断されて、折りたたまれて隅にありました」

陸曹長が体育館の中で作業に当たっていた荻野たちの前に、遺体袋を持参した。バーコードが貼られており、袋の上からマジックで山岡小隊長と走り書きされていた。

防護服を着用したまま荻野はその遺体袋を受け取ったが、すぐに異変に気がついた。

「陸曹長、捜索にあたった隊員をエアドームに全員集めてください。有害微生物に感染した可能性があります」

荻野はスタッフの一人に陸曹長と部下を誘導させ、自分は検査用に用意したグローブボックスの中に、遺体袋を収容した。

「五月一三日午前一〇時三七分、荻野美恵と中小路哲夫が調査にあたる」

荻野はすべてを映像で記録する準備にかかる。わざわざグローブボックスを活用するのは、山岡の遺体袋がおかしかったためだ。

まず軽すぎる。大人一人が入っている重量ではない。一方で、遺体袋は空《から》でもない。何か液体が入っている感触がある。それは人間の体液かもしれない。

荻野はWHO職員だったこともあり、その関連でエボラ出血熱の患者や感染地区を見たことがあった。その類の微生物をオビックが持ち込んでいる可能性を考えたのだ。

彼女自身はその可能性は低いと思ってはいたが、それでも医師が優先すべきは自分の仮説ではなく現実だ。

「開封前の総重量は五・三キロ。遺体袋の重量を差し引けば、内部の重量は三・七キロになる。

この数値は空の袋ではあり得ないが、遺体が収容されていたとしてもあり得ない。これより開封する」

荻野は遺体袋のジッパーを開く。そしてボックス内のセンサーの表示に目を走らせる。何か有害な物質が拡散されることを警戒したが、二酸化炭素とメタン、水蒸気の濃度が高くなっただけで終わった。

そして改めて荻野は遺体袋の中を確認する。

「内部はこのように液体が確認できるだけで、底に砂のようなものが溜まっているのが認められる」

そして荻野はピペットを活用して、液体と底の砂を別々のガラス容器に密閉する。

「液体は目視による限り、人体の体液よりもリン酸バッファーに近いような印象だ。砂つぶ以外の不純物はなく、基本的にピンク色の透明な液体である。

砂つぶについては、土砂の混入とは思えない。粒の大きさはどれも一ミリ強ほどで揃っており、形状は数種類に分類できると思われる。目視でわかるのはここまでだ」

さらに遺体袋を仔細に調べると、ジッパーの部分だけに液体が滲出《しんしゅつ》した痕跡を認めた。カメラで拡大すると、ジッパー周辺に微細な穴が開いており、液体はここから漏れ出たもののようだ。

ただ袋には欠損は認められず、ジッパー周辺の穴からでは、漏れたとしても高が知れているだろう。そもそも肉体はどうなったのか？　逆にこの砂つぶのようなものはどこから現れた？

荻野は液体の一部をとりニンヒドリン反応やビウレット反応を試してみたが、その結果は液体にアミノ酸やタンパク質が濃厚に含まれていることを示していた。

さらに液体は強酸でも強塩基でもなく、ほぼ中性であり、山岡小隊長の遺体を薬品で溶かしたということも否定された。そもそも戦闘中に亡くなったのだから、薬品で処理しても迷彩服か何かの金属やプラスチック部品の一部くらいは残るだろう。

「どういう現象が起きたのでしょう、先生？」

「わからない。これなら遺体が紛失するほうがずっと納得できるわよ。どういう状況で亡くなったの、山岡さんは？」

「装甲車の中で首を切断されたとか。もちろん胴体も頭部も同じ遺体袋に入れていたそうです」

「ニンヒドリン反応やビウレット反応もあるから、あの液体にタンパク質が含まれているのは間違いない。ただし、それが人体由来かどうかもわからない。精密分析するよりないわね」

「当面は故人の照合と死亡診断書の作成ですか？」

「緊急性のあるのはそっちね。死亡診断書がなければ、諸々の手続きが進まないから。それから可能な限り遺体はすべてCTにかけて、できればMRIにも通す。その上で、検死が必要と判断されたら、そこで初めて解剖に回す。

それで遺体の状況について比較検討できるデータは用意できるでしょう。CTもMRIも運んでるわよね？」

「それはもちろん、どちらも基礎機材ですから。しかし、両方必要ですか、先生？」

荻野は砂つぶのサンプルが入った密閉容器をボックス内で手に取って、内部にある小型の攪拌機《かくはん》にかざす。すると砂つぶは攪拌機の磁石に反応した。

「磁場に反応するからって金属とは限らないけど、伝導性はかなり高いみたい。

もしもこれがオビックに関係していて、遺体の中にも混入していたら、MRIは使えないかもしれない。CTなら金属が内部にあってもデータは得られる。CTで問題がないなら、MRIのデータも欲しい。現時点では、オビックのデータを得るために、何が無駄な作業なのかもわかってはいないから」

「わかりました、死亡診断書が終わり次第、その手順に進みます」

「ありがとう。私の方は理事会に第一報を伝える」

「お願いします」

微生物汚染の可能性が指摘されたことで、廃ホテルでの遺体回収に関係して集められた物品もまた荻野らのいる廃校に持ち込まれた。

こちらはＮＩＲＣの別の調査チームが管理に当たった。チューバーのようなロボットが関わったことで大沼博子《おおぬまひろこ》理事が担当した。この辺りの業務分担と流れについては、ＮＩＲＣのビジネスチャットツールにより、すでに調整がついていた。

「荻野先生、いらっしゃいますか？」

スーツの上から防護服を来た人間が程なくして現れる。大沼理事のスタッフだ。それは彼の業務用スマホで確認できた。

「ご苦労様。大沼さんによろしく」

そう言って荻野は、山岡の遺体袋の中から回収された砂つぶの入った容器を渡した。

「この砂つぶは何でしょうね？　オビックの基地の跡からも回収されたんですが。ロボットから剝離したんでしょうか？」

「医者として責任を持って言えるのは、わかりませんってことね。解体したホテルの産廃か何かの可能性もあるし、砲撃をかけたって話もあるから、砲弾の破片かもしれない」

「そうですよね」

「で、どうするの？　これから国分寺に戻るの？」

「いえ、未知の微生物の疑いもありますし、戻るなんて時間の無駄です。ＮＩＲＣ神戸分所からコンテナラボを呼んでます。そいつが到着したら、すぐに分析を始めます。ネット環境は中小路さんたちが用意してくれたんで、本部スタッフとの情報共有も行われます」

コンテナラボとは、名前の通り大型コンテナに収められた移動式の実験室だ。事件や事故が起きた場所で、試料を研究所まで運べないような時に、迅速な分析・調査を行うために用意されている。

管理は日本全国に分散しているＮＩＲＣ分所が行うが、機材そのものは理事会直轄で運用される。汎用性の高い移動実験室なのは、高水準の分析を迅速に行うためだ。

大学の研究室が使えるならそれでもいいのだが、制約が多いのと、予算の面から老朽機材を使い続けている大学も多いため、ＮＩＲＣは自前の機材を用意しているのである。

またＮＩＲＣは世界に対する日本のプレゼンスを趣旨としていることから、コンテナラボは必要に応じて海外に展開し、現地の人材育成のために活用されることも想定していた。生憎とコンテナラボが海外で活用された事例はないが、日本国内ではある国立大学に旧式化した実験室の代替として貸し出されていた。

「本部と繋ぐのはいいとして、ＩＡＰＯとは繋がないの？」

国連でオビックについて専門に調査するのはＩＡＰＯ（軌道上における異常現象を調査する国連特別調査班：UN Special Investigation Team to Investigate Anomalous Phenomena in Orbit）だった。このためＮＩＲＣをはじめとして世界中の多くの研究機関がＩＡＰＯに参加していた。

「ＩＡＰＯは、原則情報公開ですから繋がるはずです。でも、僕らの側では本部だけです。全体の仕切りは国分寺でやるはずです」

この辺りは荻野の検死作業とは違っていた。砂つぶの分析はどちらかといえば日本国内の法律に従っての作業であるからだ。またオビックに関する新事実が検死ですぐに出るとは思えなかった。

「先生は、明日の理事会は？」

「参加の予定だけど、こちらから報告することはほとんどないはず。検死結果や解剖所見は別にまとめて公開するから」

山岡小隊長の遺体だけは行方不明のままだったが、荻野は自衛隊側の代表に対して、検疫処置の終わるまではエアドームに止《とど》まるよう要請した。そして検死が終わり書類作成が完了した時点で、スタッフ全員に食事を取らせ、休養を宣言した。

すでに疲労困憊《こんぱい》しているスタッフに無理を強いるつもりはなかった。これ以上の労働は作業効率が低下するのは科学的にも明らかで、そんな非効率なことをするつもりはない。慎重さが要求されるのだ、ミスを増やすような真似は避けねばならない。

それにCTとMRIの装置はそれぞれ現場に一つしかないのだから、人間が起きていたところで、機械の処理能力以上のことはできないのだ。

荻野も廃校の教室を宿舎としたところで就寝する。折り畳みベッドが並べられ、パーティションが設置されている。荻野はスマホを頼りに指示されているエリアに入った。

普段は夢など見ないのだが、頭部を切断された遺体ばかりを見たためか、国境なき医師団に参加していた頃の夢を見た。

自分と当時の仲間たちは、簡単な医療セットだけを持って砂塵まみれの姿で無蓋トラックに乗っていた。

血の匂いは濃厚なのに、トラックの巻き上げる砂塵で周囲は見えない。同僚が現地スタッフから何かの指示を受けている。身振りで「ここからは敵の勢力圏だ」と荻野に伝えてきた。

荻野はそれでも「敵」の意味がわからない。武装勢力がいるとしても、自分たちに対して敵対的であることを意味しない。医療チームは無関係とする勢力もあるのだ。そしてトラックは予告なく、止まる。砂塵が収まった時、荻野は自分が一面に広がる死体の中にいることを知った……。

アラームよりも先に目が覚めて、ベッドに腰を下ろす。こんな夢を見るのは久々だった。医者も科学者であるというのは荻野の持論であるが、それでも彼女はこの夢に不吉な印象を持っていた。この手の夢を見た時、身近で死人が出るからだ。それは感染症であったり、爆弾テロに巻き込まれたり、報復爆撃で病院ごと吹き飛ばされたりと様々だ。交通事故で亡くなった知人もいる。

それでも他の状況なら疲れているためと思えるのだが、オビックという未知の存在が現れたいま、知人の死は絵空事ではない。NIRCは広義の研究機関だが、最前線で調査を行うスタッフや部門もある。そしてオビックは多数の人間を殺している。死が近づいているというのは、決して気の迷いでは済まされなかった。

起床時間よりも早く起きたので、スタッフを起こさないように身支度を整え、自分の執務室に向かう。といっても普通免許で運転できる一〇人乗りのバスだ。そこが移動式のオフィスのような存在だ。

寝直す気にもなれないし、一時間以内に起床なので、NIRCのサーバーに繋いで、パーソナルエージェントが仕分けたレポートに目を通す。今日は朝食を取ったらすぐに臨時の理事会があるので、その関係資料にも目を通しておく。

オビックの存在により、NIRCでは社会インフラが機能を停止した場合の対応策が組織横断の形で検討されているが、荻野が直接関わる医療部門はかなり深刻だ。

たとえば医者の数。かねてより日本の人口一〇〇〇人あたりの医者の数は先進国の中でも少なかったが、それがようやく平均に追いつきつつあった。

ただ危機管理の面ではそれは喜べる話ではなかった。高齢者でも就業を続けねばならないため引退する医者が減ったことで、平均年齢も上昇していたのだ。

社会インフラが麻痺しているような状況では医療従事者の負担は倍増するが、高齢の医療従事者がそのような負担に耐えられるのかは大いに疑問だ。現実を見ない帳尻だけ合わせるような医療システムを提案し、社会実装させたなら、医療の負荷が一線を越えた瞬間、連鎖反応的にシステムが崩壊する危険性は現実的課題だった。

もちろんそれに対する腹案は荻野も持ってはいた。機械力と単能技能者の増員を骨子とするものだが、それは否応なく、社会にとって劇薬になりかねないものだった。とりあえず、チームに研究はさせていたものの、まだ理事会にかける段階にはないと彼女は判断していた。

必要な伝達事項に目を通してバスから降りると、スタッフもすでに活動準備に入っていた。グラウンドに展開されたエアドームの一つが、検疫所から完全独立したカフェテリア方式の食堂になっており、内部のテーブルには野戦にしては豊富な一〇数種類のメニューが用意されていた。

栄養学的な部分もあるが、NIRCの医療部門は海外からのスタッフも多いために、宗教やアレルギーの問題を考慮して、カフェテリア方式にしていた。

今回のような事案ではスタッフは日本人ばかりであったが、非常時における運用手順を変える理由にはならない。

荻野が席につくと、その周囲には中小路をはじめとして主なスタッフが自然と集まる形になる。雑談を交わす中で、現状の問題点と解決手順などがまとまってきた。

荻野はこうしたスタッフとの紐帯《ちゆうたい》に不満を感じることはなかったが、一方で不安も覚えている。自分にも責任はあるのだが、スタッフに十分な力量があるのに、荻野のカリスマでチームが動いている現状は、彼女がいなくなった時にこのパフォーマンスを維持できない可能性があるのだ。

中小路にしても、チーム全体をまとめている力量は確かなのだが、彼自身が荻野の名代《みようだい》として振る舞い、スタッフもそれを受容している面がある。そこが荻野の課題であり、中小路の課題だろう。

会議のような食事を終え、小休止したのちに荻野はバスに戻り、リモートで理事会に参加する。

会議の内容は、世界各地で観測されたオビックの活動についてだった。概要は荻野も知っていたが、思っていた以上の規模の部隊がオビックの拠点に投入されていた。その中で新堂理事から、オビックには戦争の意図があるかどうかの質疑がなされた。それに対する大沼副理事長の見解は、現状は偵察であり、意図を論じるのは難しいというものだった。情報が少ない中では妥当な判断と荻野も思う。

一方で、驚いたことに大沼のチームは、荻野が提供した砂つぶのようなものについて、かなり突っ込んだ解析をしていた。

「あの砂つぶ、機械なのか」

だとすると山岡小隊長の遺体が消えたのは、砂つぶ状のロボットが解体してしまったということか？

画面の中で大沼は、「……つまり偵察だから、刃物しか使わないわけです」とオビックの行動について、一つの仮説を提示した。そして理事会が無言になると、いきなり荻野に話を振ってきた。

「話をミリマシンに戻しますが、荻野理事によると、回収したはずの小隊の遺体袋の一つから遺体が消失し、袋の中には、有機物に富んだ生理食塩水の中に多数のミリマシンが残っていたとのことです。

荻野理事から、この件について何か新しい情報はありますでしょうか？　昨日の今日で事実関係の整理もまだかもしれませんが」

どうやら神戸分所はミリマシンの解析を最優先としたために、回収時の状況などについては情報が後回しになっていたらしい。遺体袋のことも、大沼はいまさっき知ったようだ。

「遺体袋の調査映像は本日中に整理して公開します。現物はまだこちらなので、神戸分所に分析を手配します。

あくまでも医者としての個人的感想ですが、山岡小隊長の遺体はミリマシンにより解体されたというのが一番あり得ると思います。部外者が遺体を盗むようなことは、現場が封鎖されている状況ではあり得ませんし、彼の最期が記録されている以上は、隠蔽にも意味はない。

遺体袋の質量は人体が入っていた時と比較して、有意に軽くなっていた。大沼理事の仰《おっしゃ》っていた有機質の多い生理食塩水は体液の名残りでしょう。遺体袋のジッパーには、液体の浸潤した形跡がありました。

以上のことから考えれば、山岡小隊長は遺体袋の中でミリマシンにより解体され、外に運ばれた。そうした解釈になると思います。信じがたい仮説と思われるかもしれませんが、状況から導かれる結論はこれです」

「なぜミリマシンは山岡小隊長の遺体を解体したとお考えですか？」

大沼としては当然の疑問だろう。ただ荻野に言えることは少ない。

「オビックの意図についてはわからないとしか言えません。ただ先ほどの大沼理事の仮説を前提とすると、ミリマシンはまず山岡小隊長の身体を材料として増殖した。遺体袋には着衣をつけたまま収容されましたが、着衣の痕跡はなく、昨今の自衛隊員が多数の機材を身につけていることを考えれば、ミリマシンはまず着衣や機材を材料に増殖したのでしょう。

そうして数が増えてから遺体の解体にかかり、質量が減っていることやジッパーの浸潤跡から考えて、微細な部分に切り分けられて遺体袋の外に運ばれた。

先ほどの大沼理事の説明の中に、大量のミリマシンにより何かを構築する場合、情報管理がネックになるという趣旨の話がありました。

それから考えると、遺体を解体した理由は二つ考えられます。一つは人体の構造を知るため。ミリマシンは順番に解体し、順番に情報を報告する。技術的にはハードルは低い」

「いや、それだけできるなら十分高度な技術ですよ。ミリマシンが持ち込んだ情報を、整合性を持った一つのデータ群に再構築しなければなりませんから」

荻野に異を唱えた大沼のもう一つの可能性に、荻野は絶句した。

「理由の二つ目は、いまの大沼理事の話と関わりますが、集めた人体情報から人間を再構築するためです。単に人体の構造を知るためだけなら、細胞レベルの解体など不要だからです。組織レベルの解析で十分でしょう。

山岡小隊長が選ばれたのは偶然でしょうが、一体しか解体されなかったのは、細胞レベルの解析による膨大な情報処理の技術的限界だと思います。

言うまでもなく、現時点では仮説以前の話に過ぎませんが」

当然のことながら、ミリマシンについては理事会全体で情報共有がなされた以上の進展はなかった。荻野たちが回収してまだ二四時間も経過していないことを考えれば当然だろう。

理事会は終了し、荻野は回収した遺体の非破壊検査の現場に向かった。遺体は遺体袋に収容されているが、頭部は別にビニール袋に収められ、検査データと紐付けしたバーコードが添付されていた。胴体とは独立した形で収納されている。頭部と胴体の入れ違いのようなことを避けるためだ。

これらの遺体袋は臨時に設置された冷凍所に収容され、データを集めたのちに警察に報告し、問題がなければ自衛隊経由で家族のもとに戻ることになっていた。どうやら葬儀は自衛隊葬で執り行われるらしい、詳細は知らない。

CT検査は回収された順番で行われる。頭部のCTを撮影し、それから胴体の撮影という順番だ。頭部と胴体を一緒に載せて検査すれば作業は進むが、場合によっては裁判の資料にもなり得る性格のものである。効率的だからと一緒に検査するわけにはいかないのだ。

最初のシフトは荻野が直接担当する。十分に打ち合わせたつもりだが、何か問題が生じたら、すぐに対応策を考えねばならないからだ。あるいはこうやって自分が手本を示そうとするのが、スタッフを彼女に依存させる結果となるのか？　その疑念は疑念として荻野は遺体袋を開いた。

オビック由来の微生物については、すでに安全だろうという認識がスタッフで共有されていたが、自分たちで検疫基準を設けたこともあり、全員が防護服を着用して作業をする。

荻野は最初の遺体の頭部を手に持った時、違和感を覚えた。何かが活動しているような感触を手のひらに感じたためだ。

「トレイ、展開」

荻野が命じると、作業台のロボットアームがステンレス製のトレイを彼女の手前に置いた。荻野は頭部をそのトレイに下ろす。何か知らないが大量に粘性のある黒い液体が滴り落ちる。イメージはエンジンオイルだった。

しかし彼女の知る限り、人体、しかも頭部からこんな液体が漏れてくるなどあり得なかった。血液でも髄液でもなく、組織が融解するには早すぎるし、やはりこんな色艶にはならない。

「映像は？」

「録画中です」

コンピュータは女性の声で無感情に告げる。ともかくこの液体の正体は何か？

荻野は採取しようと、ピペットをステンレスのトレイに向ける。液体は一〇〇ミリリットルほどあり、綺麗な同心円状に広がっていたが、荻野がガラスピペットを近づけると、避けるかのように移動したように見えた。

目の錯覚かと思ったが、それだけではなかった。

ステンレスのトレイは使い込まれていて、微細な傷が幾つも付いていた。ところが液体が移動した跡は、他の部分と明らかに違っていた。鏡のように傷ひとつない金属面が残っていたのである。

「中小路さん、強力な磁石と、外部電源ある？」

荻野は液体から視線を外さないまま、施設内通信機を用いて、近くにいるだろう中小路に連絡を取る。

「MRIのキャリブレーション用の永久磁石があります。あの箱に入ったゴッい奴。外部電源は、ラボの備品にあったはずです」

「なら、急いで持ってきて！」

荻野は嫌な予感がした。なので液体の入った長方形のステンレスのトレイの下に、さらに交差するように同じ大きさのトレイを置いた。

果たして、数分後に下のトレイに液体が滴下してきた。ステンレスを穿孔《せんこう》したのだ。そうした中で中小路が別のスタッフとともに現れる。

「中小路さん、この液体に磁石を近づけて」

ステンレストレイの様子に中小路もすぐに状況を察したらしい。彼は磁場を遮蔽《しゃへい》したスーツケースのような箱の中から、直径五センチほどの磁石を慎重に取り出す。下手に鉄にでも触れたら、簡単には引き剝がせないからだ。

磁石を接近させた効果はすぐに現れた。同心円の表面に細波《さざなみ》のような紋様が浮かび、エンジンオイルのような黒い液体は、透明な液体部分と黒い固体部分とに分離し、さらに液体は沸騰し、蒸発し始めた。作業台のセンサーはその気体から毒性を警告することもなく、ただ水蒸気濃度の上昇だけを数値で示す。

「何ですか、先生？」

「昨日のあの砂つぶ。大沼理事がミリマシンと呼んでいたオビック技術の産物が、遺体の頭骨の中で生きていたというか、数を増やしていた。

ちょっとこれは我々だけでは手に負えない。科学者チームの増援が必要。NIRCだけで対応できないことは、IAPO案件よ」

動かなくなった液体をガラス棒で突《つ》きながら、中小路は貫通されたステンレストレイの穴を見る。

「ステンレスに穴をあけるなんて、王水でも含まれていたんですか？　あぁ、でもそんな強酸なら頭骨が無事じゃないか……」

「これは酸の腐食じゃないと思う。何というのかな、ミクロレベルの切削加工のような現象だと思う」

「山岡小隊長の遺体が消えたのは、これですか？」

「たぶんね。ちょっと本部に連絡しないとならないわね。遺体の返還は当面無理だ。得体の知れないミリマシンが寄生している遺体を里になんか下ろせない。

最悪、ここで火葬して遺骨のみの返還も考えないとならない。でも、それは我々には決定できない。行政の問題で、折衝はNIRC本部でやってもらわないとね」

荻野のスタッフはすぐに他の遺体を調べたが、液体が流れ出るような頭部も胴体も確認できなかった。それらの報告を受けた荻野は一つの仮説を立てた。

「問題の頭部は、検査準備のため常温に晒《さら》されていた。その状態で数を増やせたのなら、ミリマシンの増殖には温度が重要な意味を持つ。ただ山岡の遺体が消えた状況を考えると、ミリマシン増殖のためには我々が見落としている幾つかの条件があるようね」

中小路らは、荻野の仮説を妥当なものと受け止めていた。

「もしかすると、さっき先生がなさったように、強力な磁場にかければミリマシンは死んで、遺族に遺体の返還が可能ではないでしょうか」

「その可能性も少なからずあるわね。可能性がある限り、家族に遺体を返還できる方策は検討すべきでしょう。医療従事者の倫理として」

「ところで、先生。どうしてミリマシンが強力な磁場で活動を停止するなんて考えたんですか」

中小路の疑問に荻野は答える。

「博子がね、いや大沼理事がかなり前に視野を広くするためにSFを読めというから、医者のSF作家の小説なら読んでやると言ったら、マイケルうんたらって作家のSFを何冊か紹介されたのよ。琥珀《こはく》中の蚊が吸った血液から恐竜再生するみたいなアホな話とかあって、博子の義理がなかったら投げ捨ててた。

で、その中に暴走したナノマシンの小説があって、強力な磁場をかけたら機能を停止するって描写があってさ、咄嗟《とっさ》にそれを思い出したの」

「人生、何が役に立つかわかりませんね。SFも役にたつ」

「そうじゃないわ、役に立ったのは友人との義理です」

・

二〇三X年五月一五日・第一野戦病院

チューバーにより全滅させられた自衛隊の機動歩兵小隊がミリマシンに汚染されていたという事実は、NIRCからIAPOに公開された。そしてIAPO内部の情報保安プロトコルに準拠するという条件により、調査全般の管理はNIRCが行うこととなった。

日本政府や与党は「日本の主権が認められたもの」とこの決定に概ね好意的だった。ただ的矢《まとや》正義《まさよし》理事長を筆頭とするNIRCでは、ミリマシン汚染の可能性を、戦闘のあった廃ホテルと遺体を収容した廃校に限局したいという意図も理解していた。

一方で的矢は、荻野理事の意見を入れてIAPOにも根回しして、この決定を政府の公式な決定とするように働きかけていた。というのも防衛省が一連の事態をオビックによる侵略として、防衛省管轄にすべきと主張していたためだ。

しかし、ミリマシン汚染の対応とは、未知のテクノロジーの産物とはいえ、本質的に公衆衛生のプロトコルを適用すべきものであり、それなら厚労省とNIRCで対応するのが現実的であるというのが荻野理事の主張であり、結局この意見が通った形だ。

そして廃校に設置された第一野戦病院に荻野の支援として派遣されたのが、災害・事故調査担当理事の新堂秋代と、社会動向調査担当理事の吉田《よしだ》俊介《しゅんすけ》だった。

新堂が自身のスタッフとともに荻野の技術面の直接的な支援を行い、遺体の返還その他の行政実務の取りまとめを吉田が担当するという役割分担だ。

これに伴い、エアドームでの検疫施設ではなく、プレハブだが専用の施設が校庭に建設され、校舎の一部は理事たちのオフィスとされた。幸いにも廃校舎は耐震補強だけは終わっており、転用は自治体の許可だけで済んだ。

三階建ての校舎の最上階がNIRCと厚労省スタッフの執務エリアとされた。校舎の中央階段を挟んで右側がNIRCエリア、左側が厚労省エリアである。そしてこの右側エリアには屋上に通じる階段が設置されていた。

海外での野戦医療の経験が豊富な荻野は、この屋上にスタッフ用のカフェテリアを設定していた。机や椅子は倉庫に幾らでもあるので、そこは楽だった。

「荻野さん、ずっとこんなことなさっていたんですか?」

吉田が人数分のコーヒーをトレイに載せて、荻野と新堂のいるテーブルにやってきた。

二人は礼を言って受け取る。

「こんなこととは？」

「何ていうんでしょうね、こういう野戦病院の設定みたいなことです」

「そうねぇ、野戦病院というのはエアテント式の緊急仮設病院のことだと思うけど、国境なき医師団の仕事はそれだけじゃなくて、後方もあるのね。

三〇近い事務局があって、その中にプログラムの企画運営を行うオペレーション事務局があり、さらに緊急事態対応の緊急デスクがある。

この緊急デスクがメディアや現地の活動責任者の報告をもとに、活動を提案する。そこから調査チームが派遣され、現地の状況を緊急デスクに報告する。

そして活動計画がまとめられて、現地の医療システムで対応できればそれに委ね、対応できなければ活動計画を策定する。

どういう感染症の拡大か、内乱や戦争などによる負傷者の増大なのか、その性質によって適切なチーム編成を行うと同時に、現場チームを支えるロジスティクスの手配も行われる。

そこまでやって初めて、緊急仮設病院が登場する。私が担当していたのは、調査チームと活動計画の策定が中心」

「そうですか、荻野さんなら緊急デスクが似合いそうですけど」

「そこでも経験はしてる、短期間だったけど。すべての状況ではないにせよ、一番ハードワークを強いられる部門よ。世界に展開した緊急ネットワークが二四時間体制というのは、いうまでもなく、一番ハードなのは派遣された地域での政府との折衝。

戦争や内乱では信頼できる政府が存在しないこともあるし、そこの政府の医療行政と衝突する場合もある。より多くの人命を救うための妥協も要求される。非武装で活動する我々も身を守るために武装した警備を雇うことがないではない。

外傷なら消毒して縫ってしまえばいいし、感染症でも相手の正体さえ特定できれば正攻法で治療はできる。だけどその地域を支配している権力機構はそういうロジックが通じない。金で動いてくれたら感謝しなきゃいけないくらいよ。まぁ、それは極端な事例だけど」

吉田は荻野の話に軽くショックを受けているようだった。そこは荻野には意外だった。NIRCで面倒な裏方作業を担当している彼が、医療活動にも裏があることに驚くとは。

「ロジスティクスって話が出ましたけど、物資備蓄もしているんですか？」

新堂は面白い角度から質問をしてきたと荻野は思った。

「国境なき医師団にも物流拠点はありますよ。フランスのボルドー、ベルギーのブリュッセル、ケニアのナイロビ、アラブのドバイの四ヶ所が活動中。あと岐阜の鉱山跡地にどこかの物流会社が大きな地下倉庫を建設していて、そこに五つ目ができるはず。アジア方面の支援強化のために。詳細までは知らない」

新堂は少し考え込む。

「オビックと最悪の事態を迎えた時の医療品生産をどうすべきでしょうね」

「医療品の生産……ですか。備蓄ではなく？」

新堂の意見は、吉田とはまた違った意味で荻野には驚きだった。

「たとえばオビックと何らかの形で戦闘が起きた場合、そしてそれが長期化したとすれば、現在のような物流網やサプライチェーンは機能しないと考えるべきでしょう。

当面は備蓄品で凌ぐことができても、長期化すれば枯渇します。先生には釈迦に説法でしょうが、過去のパンデミックでもサプライチェーンの混乱からワクチンなどではなく、ありきたりなマスクや使い捨ての防護服、解熱剤、痛み止めの類が払底しました。

オビックの活動により地球規模でそうした物流網が混乱した場合、備蓄を使い切ればそれまでです。

すべてを生産する必要はないですし、現実的ではありませんが、マスクや消毒用アルコールレベルの素材は、拠点のエリア内で自給できる必要があるように思います」

「エリアとは？」

荻野は新堂の意見を興味深く受け取った。考えてみれば顔馴染みの理事とはいえ、こんな機会でもなければ、彼女と突っ込んだ話をすることなどなかっただろう。

「生産基盤のある拠点から見て、物流が機能する範囲です。日本は舗装道路が普及していますから、リアカーのような車両を使って人力で一人が重さ一〇〇キロの荷物を輸送するとして、実用的な移動距離は一五から二〇キロ。これが最小限の基準となるでしょう。江戸時代のように都市内部で運河が発達していれば、物流の環境もかなり変わりますが、さすがに運河を掘削する時間はないでしょう」

「そのエリアの大きさは拠点の物資備蓄量で大きく左右されそうね」

「とは限りません。重要なのは医療品の生産量や備蓄量より、どれだけ地域に医療サービスへの需要があるかだから。もちろん備蓄品には意味がある。備蓄が豊富なら提供できる医療サービスの幅も広がるから」

話がそこまで進むと、いままで黙っていた吉田が別の視点で異を唱える。

「そこまでの話となると、もう医療品の備蓄という次元ではなく、都市の抗堪《こうたん》性や交通インフラの多様性という範疇の問題ですよ。それに人材確保の問題がある。

アルコールは可燃物ですから無闇に量産はできない、使い捨てのマスクといっても生産には高度な技術が使われています。素人では工場は動かせません。その人材育成をどうするか？　って、それはいまの日本が抱えている製造業の問題そのものですよ」

「医療従事者の促成栽培は、医者としてはお勧めしかねるわね、正直なところ」

荻野はその面では悲観的だった。たとえば予防医学と通常の診療行為では、同じ医療職でも考え方はまるで違う。目の前の患者を治療することと、患者が出ないように俯瞰した視点で公衆衛生対策を行うのは、専門教育からして違ってくる。この点では同じ教育を施しても人材の流動性には限度がある。しかし、オビックと接触するような状況では、予防と治療の両面に備えねばならない。

もちろん限定した狭い領域についてのみ専門教育を施し、タスクを分散して医療行為を行うという方法も論としては成り立つ。現実に医療機関によってはそうした方法をとっているところもある。

法律では診断は医者にしか許されていないが、医療行為の中には「医者の監督の下」という条件の中で素人でも行えるような分野もあるからだ。ただこうした人材は、対応している案件の全体像が見えないために、必ずしも現場で適切な対応ができるとは限らない。国家資格にはそれを必要とする相応の意味と理由があるというわけだ。

「診断は医者にしかできないのにも意味はあるわけ」

しかし、それに対して新堂は、荻野の視野にはない提案をしてきた。

「危機管理に関わる者として、この問題を自分なりに研究していたんですけど、個々の市民が自分の健康管理を自分で行うにあたって、そこにより高度な専門知識を付加すればどうか？　他人の身体に対する介入は医者にしかできない。ですが、自分で自分の診断を行なって、医者の手を煩《わずら》わせる範囲を減らせば何とかなりませんか？」

「自分の身体を自分で管理する……それは理想だけど」

医者としての荻野の経験でも、患者がネットの情報か何かで勝手に自分で診断を下して状況を悪化させるような事例は嫌というほど見てきた。その経験からすれば新堂の提案は受け入れられるものではなかった。

ただその程度のことがわからない新堂ではない。それも荻野にはわかっていた。

「スマートウオッチとかスマホの類で客観的な身体データを取得し、スマホのAIにより分析する。そこから予防医学的なアプローチをするかどうかは私にはまだ判断はつきませんけど、ビッグデータを活用した分析により、個々人の判断に働きかければ、社会の医療リソースを過度に消耗させることは避けられるんじゃないですか？」

「純粋に理論的なことを言えば、新堂案はありね。でもここまで話が広がったら完全に理事会案件だわ。新堂さん、起案をまとめられる？」

「ざっくりしたものは今日か明日にでも、荻野先生が目を通して修正して、吉田チェック
で理事会案件って流れですか」

いつの間にか提案者に含められていた吉田だったが、彼はすぐに了解した。

「あっ、そうだ。素人の思いつきなんですけどね、先生」

「何ですか、吉田さん」

「オビックのミリマシンを我々が制御できたら、究極の医療システムじゃないですか？

身体を細胞レベルで計測し、治療できますから」

荻野が何か言う前に、新堂が言う。

「博子も言ってたんだけど、吉田さん、SF作家になったら？」

3　信じられる人

二〇三X年五月一五日・オシリス

「つまり、山岡さん。あなたは装甲車の中で小隊を指揮している時にチューバーに襲われて意識を失い、気がつけばこのオシリスの中にいた。そういうことですね？」

地球が見える窓の前で、宮本は山岡宗明二等陸尉と称する人間にあれこれと尋問していた。少なくとも武山には尋問としか見えない。

ただ山岡の証言は武山や麻里にとって、事実とすれば驚く内容が含まれていた。麻里たちがリノベーションを計画していた廃ホテルは、武山らがオシリスに幽閉されている間にオビックの基地となり、それを発見した自衛隊との交戦の中で、山岡もまた拉致された。

「でも、なんで宇宙人ってかオビックだっけ、そいつらはうちの廃ホテルを秘密基地にしていたわけ？」

麻里の疑問は当然だろうと武山は思う。他の三人と違って、自分の不動産に異星人が基地を建設するなどという経験はまずあり得ない。

「それはわからない。自分はただ命令されたので出動しただけです」

山岡は、宮本からの尋問では曖昧にしか話そうとしなかった廃ホテルでの戦闘について、詳細を語り出した。その内容は、武山や麻里がチューバーと遭遇した時の状況を思い起こさせるものだった。

「その基地が発見されたのは、偶然です。そもそもは崖下に落ちた自動車が発見されたのが発端です。その自動車は廃ホテルから高速で飛び出して、崖下に転落したと思われました。

事故は激しいもので、運転していた男性の死体だけが見つかり、同乗していたらしい二人の人物は見つからなかった。そこで状況確認のために警官が山頂のホテルに向かい、チューバーと遭遇し、自衛隊の出動となったわけです」

その証言に武山も黙ってはいられなかった。

「ちょっと待ってくださいよ。崖下に転落した自動車の中に矢野の死体があったんですか！」

それは武山の記憶とまったく違っていた。矢野卓二《たくじ》はチューバーに首を刎《は》ねられて死んだのだし、なおかつ自分は、宇宙船で昆虫のような機械に侵蝕された卓二を見ている。

一方で、卓二は一人だけ自動車で逃げたという麻里の記憶と、山岡の話は一致した。これだけは麻里と話していても、どうしても食い違いを是正することはできなかった。

もっとも麻里の記憶によれば武山もチューバーにより殺されているというが、現実には武山は生きており、この点では麻里の記憶にも混乱はあるようだ。だが山岡の話を信じるなら、卓二は殺されたのではなく、逃げ出して崖から車ごと転落したのだ。

「自分は自衛官で警察官ではないので事故の詳細は知りませんが、発見された遺体は一つだけで、同乗者二名の遺体は発見されていないと聞いていました。つまり話の流れからすれば、あなた方お二人ということになります」

武山は山岡の話をどう解釈すべきか悩んだ。基本的に麻里と山岡の話は一致するが、そうなると自分は殺されていなければならない。言うまでもなく、武山は生きている。

問題は武山の記憶がどこまで信用できるのかだ。彼の記憶では、卓二は首を刎ねられ、麻里は刺し殺された。ただ二人とは宇宙船の中で再会し、二人とも身体の中で昆虫のような機械が蠢《うごめ》いていた。自分たちの排泄物などを処理していたミリ単位の機械群だ。

だが山岡の話では、卓二の死体は宇宙船ではなく地球に残されたままだし、麻里の証言では、オシリスに向かう宇宙船で彼女は武山と会った記憶はないという。

麻里の記憶では、彼女と武山が目撃したのは卓二がチューバーに襲われたシーンで、重傷を負った卓二が車で逃げ出した。この目の前の出来事のショックで二人は意識を失い、別々に宇宙船に乗せられた。

悪夢というのは安直とは思うものの、麻里との記憶の食い違いを説明するには、他に妥当な仮説がないのも確かだった。

「しかし、宇宙船に乗ってオシリスに接近しようとしていた宮本さんはわかるとしても、どうして山岡さんがここに連れてこられたんだろう」

「どういう意味だ、麻里?」

「オビックは、最初に隆二と私を同じ宇宙船でオシリスに連れ込んだにもかかわらず、最初は一人で生活させていた。

そのあとで私たちは互いの存在を知って共同生活を営むに至った。そうした途端に、宮本さんがやってきて、さらに山岡さんも加わった。

宮本さんには通路の規則性を発見させせたけど、山岡さんに対してはもう規則性を発見させる手間もかけさせなかった」

武山はそれには少し異論があった。

「山岡さんが合流できたのは、麻里と僕との間のデータの蓄積と宮本さんが持参したコンピュータがあって、パターンの予測が可能となったからだ。オビックに特別な意図はなかったんじゃないかな」

しかし、麻里は別の解釈をしていた。

「だから、オビックはどうして私たちにコンピュータを持たせたままにしていたの？　居住モジュールを破壊して、宮本さんだけ連れてくることは可能だったはず。だけど、オビックはそれをしなかった。我々と山岡さんが遭遇するように誘導したとまでは言わないけど、この方向に向かっているから干渉しなかったとは言えると思わない？　少なくともオビックにとって、我々がここまでやってきたことは、邪魔する必要があるものではなかった」

「つまり、何が言いたいんだ、麻里？」

「オビックが人間を観察していたとして、一人の期間と二人の期間は長かったけど、三人の時期は短くて、すぐに四人が揃った。そして男女比は二対二、つまりオビックは人間集団の最小単位を観察したいということじゃない？」

麻里の考えを正確に理解できたかどうか不安な部分もあったが、技術者としての武山は自分なりの表現に変えてみた。

「こういうことか？　オビックは人間とのコンタクトのために、人間を理解しようと考えていた。

そのためにまず一人の人間の行動を観察し、人間単体のモデルを構築する。そしてそのモデルがある程度までできた段階で、人間と人間を接触させ、そこでの反応を見ながら、人間モデルの修正を行う。

そして二人の人間の行動に関するモデルがある程度までできた次のステップとして、出来上がった人間二人同士を接触させ、さらにモデルの修正を行う。

我々が廃ホテルから拉致されたのはおそらく偶然の産物だと思う。だがそれでも人間を手に入れたオビックは、我々から人間を知ろうとした」

「日本語で済むところをわざわざ英語に置き換えて表現しようとするような癖は高校から全然変わってないのね、隆二、まぁ、そういうようなこと」

山岡は抽象的な話が苦手なのか、二人の会話にあまり反応しなかったが、宮本は違った。

「武山さんの話もわからなくはないけど、あなたたちがオシリスにいる間に、国連主導のものや抜け駆けまで含めて世界各国がオシリスとのコンタクトに傾注してきた。電波を送り、レーザーや狼煙《のろし》まで投入した国もあったそうよ。

にもかかわらず、オビックは人間との接触を、人間の首を斬るような反応以外にはしていない。オビックの意図が人間とのコンタクトにあったとするなら、こちらの呼びかけにまったく反応しないのはなぜ？」

それは武山もオシリスの生活で感じていたことだったが、彼には一つの仮説があった。

「山岡さんが遭遇したチューバーとの戦闘についてはわかりませんが、オビックが我々とコンタクトを取ろうとしないように見えるのは、比較的単純なゲーム理論で説明できる気がします」

「ゲーム理論で？」

さすがに航空宇宙自衛隊の佐官だけあって、宮本はゲーム理論という言葉に反応した。

「まず前提として、オビックは人間に関するモデルを構築したとします。そうであればオビックは、自分たちが作り出したモデルに対してコンタクトを取ればいい。

人間モデルが構築された仮想現実の中で、オビックは様々な形で人間と交渉し、自分たちの提示した情報に対する人間の反応を見ることができる」

「つまり彼らは、すでに自分たちの仮想空間の中では人間とのコンタクトを実現しているということ？」

「あくまでも仮説です。僕も麻里も、オビックと直接会ったわけではありません。ただこのように解釈すると多くのことが説明できるというだけです。

さて、この仮説が正しいとして、状況は人類に対して大きく不利となります。人類はオビックに関して何の情報も持っていない。チューバーやミリマシンのようなロボットを操ることが、わかっていることのすべてみたいなものです。

一方で、オビックは人間モデルを持っている。何かの目的で人類との接触を考えた時、これは圧倒的に有利です。

したがってオビックにとって最大利得を得る行動とは、人類に対して可能な限り情報を与えないこと。そして人類からは可能な限りの情報を得ること。

さっき世界中がオビックとのコンタクトを試みていると言ってましたけど、その抜け駆けによってオビックは人類や地球に関する情報をより得ることができる。

この点で、ゲーム理論で解釈するとき厄介な問題が生じる。人類の個々のプレイヤーはオビックとだけでなく、他の人類のプレイヤーと競合することになる。しかし、おそらく抜け駆けを競うというからには、人類のプレイヤーは皆、手詰まり状態、つまりナッシュ均衡に陥っているでしょう。人類側の窓口が一つにならない限り。

一方で、オビックにとっては情報の非対称性が最大利得なら、情報は出しません。人間モデルとの接触を続けるだけです」

武山の仮説を、宮本は正確に理解しているように見えた。ただ納得していないのも明らかだ。

「しかし、オビックが情報を出さない限り、それもまたナッジ均衡を続けるだけに終わるし、オビックならそれくらい理解しているんじゃない?」

「いまの仮説は、あくまでも現状の解釈です。そして宮本さんの疑問は当然のものです。人間とオビックの間に情報の非対称性がある時、ナッジ均衡を崩せるのはオビックの側だけです。彼らからコンタクトを試みれば、ゲームの環境は別の局面に移動します。ただそれはオビック内の人間モデルが完成したか、実用十分と判断された時ではないかと思います」

「武山さんの仮説は私には支持しにくいですけど、でも否定できるだけの材料もありません。ただ一つ疑問なのは、ここにいる四人だけで、オビックが期待するようなモデルは構築可能なのか? ですね」

武山もそうした疑問は予想していた。というよりも、その疑問は彼自身も抱いていた。

「考え方は二つあります。一つは、オビックのモデルは四人の生態がわかれば必要な社会モデルを構築できる場合。四つの基本モデルのパラメーターを操作して多数の人格を作り上げることで、社会モデルの精度を上げる。

もう一つは、現在はまだモデル構築の途上であり、我々以外にさらに四人、八人と人間が送り込まれ、人間社会のモデルが修正されていく。

オシリスの通路がさまざまな組み合わせで替えられる理由も、多数の人間に対して、異なる生活環境を与え続け、限られた容積を広く感じさせるためと解釈すれば、現在のような迷宮構造の理由も説明できます」

しかし、宮本は武山とは異なる視点でものを見ていた。

「あるいは、オビックは定住民ではなく、移動民による文明を構築したか。小惑星の内部のような空間でも常に移動し続けられるように通路の入れ替えを行い、長期間の旅をオシリスの中で継続できるようにした、とか？」

「移動民が宇宙文明を構築できますか？」

「人類の歴史をみれば、移動民にもメリットは多いのよ。環境悪化には居住地を変えれば対応できる。人間関係の悪化も、移動することでリセットできる。資源確保は狩猟採集経済で、気候が温暖なら解決がつく。

知ってる？　人類は有用な食物を貯蔵しておくことを二万年以上昔から知っていた。だけど農業が起こるのは一万年前。環境の寒冷化で人類は農業を強いられたけど、オビックの母星が何万年も住みやすい環境だったなら、移動民文明も可能性として残しておくべき」

の？」

「そんな見たこともないオビックが移動民かどうかなんて、どうでもいい問題じゃない

それは武山からみて、いかにも麻里の言いそうな意見だった。しかし、宮本にとっては看過できない問題であるようだった。

「いや、これは重要なことです。もしもオビックが移動民として文明を発達させたとして、人類にも同じように対応しようとしたならば、オビックは過去において人類以外の文明と接触していないことになります。異質な文明と接触した経験があれば、自分たちのやり方をそのまま踏襲しないでしょう」

ここまでの会話を理解しているのかわからなかった山岡が、ここで初めて議論に参加した。

「そんな話よりも、まず、僕らはどうするんです？」

三人はそれに対してほぼ同時に口を開いたが、一番早かったのは武山だった。

「それは僕らが地球に戻れるか戻れないかで変わるでしょう」

麻里や宮本は別のことを考えていたらしかったが、武山に発言を促した。

「オビックが我々をどうしたいのかは彼らの意思決定の問題なので、どうにもならない部分です。それでもある程度の予測は立つ。

まず、オビックにとっていましばらくは我々の行動を観察することにも意味はあるでしょうが、ある段階から先は、手段はともかく、直接地球に観察のための主力を移すはずです。人類全体に対するアクションの段階に移行するのが、この状況を変えることにつながるからです。そうなれば我々の役割は終わる。

役割を終えた我々に対するオビックの処遇で考えられるのは、このまま飼い殺しにするか、地球に戻すか、いずれかでしょう」

「処刑の可能性は？」

山岡は、武山がその点に触れないのが納得できないようだった。小隊の全滅を目《ま》の当たりにした人間としては当然だろう。ただ、彼はこの点に関しては感情を封印しているようにも見えた。

「オシリス内部で人間を殺すことが、オビックにとって何かメリットがあるか？　そこに尽きると思います。オビックはオシリス内で人間を観察するためにこれだけのものを作り上げた。モデルが完成したからといって人間を処刑すれば、この巨大施設はその瞬間に無意味になる。

この程度の施設を無駄にするなどオビックにとっては痛くも痒くもないかもしれませんが、それなら人間を飼い殺しにするコストも同様に彼らにとって微々たるものとなる。

さらにモデルの修正が永続的な作業なら、なおさら我々を処刑するような行為は無駄となります」

「その説を信じるなら、オビックが我々を地球に帰還させる動機も希薄となるわね」

武山は宮本の意見を否定しなかった。否定する根拠がなかったためだ。

「山岡さんの話を聞く限り、オビックはすでに地球に展開しようとしている。ならば、我々を地球に輸送するコストもまた全体から見れば微々たるものにすぎない。

そしてオビックにとって、自分たちと人類の仲介的な役割を我々に期待するような場合には、我々を地球に戻すコストに対して、それ以上の利得があると解釈できる。

もちろんオビックが何を考えているかわからない状況では、いままでの議論は無意味だという理屈もあるでしょう。でも……」

その先の言葉を麻里が補う。

「要するに、オビックが我々を処刑するんじゃないかって悲観するのも無意味ってことよ。そして連中が私たちを生かしていくことにもメリットがあるという可能性が重要なわけ。それにオビックがどんな連中かわからないけど、底意地の悪い連中で、私たちが絶望に陥って自暴自棄になるのを待っているのかもしれない。だったら自暴自棄にはならない方がいいじゃない」

武山はこの状況で考えるようなことではないのは百も承知ながら、自分がどうして高校時代に麻里に惹かれていたのかわかった。表面上は軽いノリに見えて、その奥にある聡明さに惹かれたのだ。どうして自分ではなくて、そこが見えていない卓二が麻里に選ばれたのかわからなかったが。

「でね、隆二も納得してくれると思うんだけど、まず大前提として、我々は自暴自棄にならず希望を捨てない。ともかく当面は地球に帰還できるという前提で行動すること。それとオビックに対して、私たちの存在価値をいかに高くするかを考える。それで力関係も少しは対等に持って行けるんじゃないかな。

でさ、それなら何ができるって話だけど、私と隆二はいままで二人で生活してきた。オビックがあなたたち二人を連れてきたのは、男女二名を人類社会の最小単位とか思ってるからかも。

だとしたら、その前提を覆《くつがえ》せば、オビックは混乱して、私らに直接話しかけようとするかもしれない」

「反射統制ね、つまり」

宮本はいきなり訳のわからないことを言い出す。

「あっ、反射統制ってのは、旧ソ連まで遡る主にロシア軍の戦略理論。簡単に言えば、相手にこちらが望む意思決定をさせるために、こちらから意図的な情報操作をするというような話。山岡さんならご存じよね？」

「いや、僕は防大卒じゃなくて一般大学からなんで」

「……反射統制は幹部候補生学校で習うはずだけど。まぁ、要するに相川さんの意見は理にかなってる。それで前提を覆すって、具体的には？」

「単純です。共同生活をする組み合わせをランダムに変えるんです。オビックが人間の社会性を男女二名で考えているなら、モデル構築をやり直すことになる。その再構築の手間を考えたら、直接の接触を行う方が有利だと我々が望む方向に意思決定させるわけね」

そう言って麻里は武山の顔を見る。

「ここでシステムエンジニアの自分の知識がどこまで適用できるのかわかりませんが、麻里のやり方はオビックにとって意外なものだと思います。オビックも僕や麻里のモデルは構築していたと思いますけど、地下通路を移動して食べて寝るだけの生活で、モデル構築の材料は非常に乏しかったはずです。

だから彼女がこんな発想をするという予測は立たないし、何らかのインパクトを与えるのは間違いない。

ただオビックは馬鹿ではないでしょう。我々の新たな行動からモデルを作り直した場合、そのモデルはいままでよりも、人間の行動パターンを正確に予測できるものになる可能性はある」

「武山さんは、相川さんの方法は意味がないと？」

そう尋ねる宮本は不安を覚えているように見えた。

「いいえ、そうは言いません。そもそもオビックが人間モデルを構築するとして、最初に拉致した我々に固執する理由も義理もない。より大規模にモデル構築を行うのは時間の問題です。

むしろそうであるなら、我々の段階で、人間に対するより精度の高いモデルを構築させる方が、将来的な人類とオビックの接触の場面で、予想される衝突を減少させる効果があると思います。

もっとはっきり言えば、我々がここでどんな行動を選択しても、結果に伴うリスクは生じるのです。ならば自由意志を行使する方が人間らしいんじゃないですか」

「いま思ったんだけど」

麻里が手をあげる。

「宮本さんの居住モジュールは無傷なんですよね。無線機は使えないんですか？」

「無線機そのものは利用できます。ただおそらくアンテナに問題があるのか、通信には成功していません。それにオシリスは金属質の多い小惑星なので、この内部では電波は遮断されるのではないでしょうか」

「そうなんだ……隆二、こういうのは、なんとかならないの？」

「方法はあると思う。そのためには、オシリス内部の探査が必要だ。地下通路の外がどうなっているか、そうしたことも含めてな。

通信を送る条件は比較的恵まれているかもしれない」

武山の言葉を三人は素直には信じられないようだった。小惑星の内部というのがどうして条件に恵まれていると言えるのか？

「忘れないでくれ。オシリスはいま地球の幾つもの施設から監視されている。だから、それが微弱な電波でも、地球では傍受してくれる可能性が高い。つまり地球全体が一つのアンテナなんだ」

二〇三X年五月一六日・NIRC

NIRCの意思決定は、理事会だけがその権限を持っていた。これはNIRCにかかわる法律により決まっていたが、その活動内容については若干の例外規定があった。

それは政府の安全保障会議からの要請があった場合に、理事長の判断で、一部の理事を招集して必要な案件処理を行う場合だった。議事録は作成され、NIRCの理事会内部でのみ公開が許されているが、それ以外では政府の機密指定解除まで公開されない。

またNIRCの議事録は電子情報と別媒体へのバックアップ作成を旨としているため、議事録や作成された書類データの破棄・廃棄は原則として行われなかった。物理的に空間を圧迫しないので、破棄・廃棄する理由がないためだ。

その政府安全保障会議の要請による案件を、この時、的矢理事長は開こうとしていた。メンバーは副理事長の大沼と町田《まちだ》、さらに危機管理担当の新堂の四名だ。

IT関係の執行役員を呼ぶことも考えたが、政府案件でもあり現時点では人数は最小限度にしたかったのだ。

「このメンバーというのは、政府案件ですか？」

最初に気がついたのは、新堂理事だった。

「そのとおり。安全保障会議案件だ。政府としては、オビックにより自衛隊の一個小隊が全滅したことに危機感を覚えている。

知っての通り、NIRCは政府や中央官庁、地方自治体の行政書類やデータのバックアップを保管している。だがオビックとの大規模な武力衝突の可能性も視野に入れ、こうした政府関連データの安全性確保についての研究の打診を受けた。

まぁ、打診といっても事実上の命令みたいなものだ。現在は国分寺の本部にバックアップが置かれている。これは地盤の安定性で震災にも耐えられるという観点で選ばれた。

しかしオビックを視野に入れれば、首都圏にバックアップを置くのは必ずしも安全とは言えない」

それに対して新堂が発言する。

「バックアップを国分寺だけでなく、岐阜の鉱山跡地にも建設し、そこを中心としたプロジェクトはすでに進んでいるはずですが」

「そのとおりだ、だからそれを前倒しする。政府筋から施設管理者である東洋カーゴエクスプレスに働きかけてもらっている」

的矢は大沼の方を見る。彼女はその社名に、ことさら無関心を装っていた。その理由は、問題の鉱山跡地を管理する東洋カーゴエクスプレス統括施設部長の柴田《しばた》健夫《たけお》が大沼の夫であるからだ。

大沼と娘の未来《みき》はアメリカ国籍だが、夫の柴田は日本国籍だ。これは日本が二重国籍を認めないことと、東洋カーゴエクスプレスが有事には政府（ほぼ自衛隊の意味であるが）のロジスティクス部門を請け負う大手物流会社であるためだった。実務を総括する統括施設部長クラスの幹部が日本国籍でなければ、政府関係の仕事を受注できないという法的な問題による。

実を言えばこの問題については法律に明記されないものの、配偶者の国籍も審査の対象になるという暗黙の了解があった。柴田の場合は大沼の両親が日本人であり、外国籍とはいえアメリカ国籍であるため、問題とされることはなかったという。

大沼にとっては、NIRCと東洋カーゴエクスプレスの関わりで利益相反になるのではないかという、痛くもない腹を探られたくないと思うのは、的矢にも十分理解できた。

「さて、ここまでは政府筋の依頼の話だ。基本的には計画の前倒しで案件は解決する。だが、理事長として言わせて貰えば、政府関連データのバックアップだけでは不十分だ。そもそも永田町や霞が関でオリジナルのデータが消失するというのは、司法、立法、行政の三権の中枢が消滅する、少なくとも機能停止を意味するだろう。

では、我々はどうすべきか？」

「的矢理事長の考えそうなことといえば、政府機能の代替でしょうか？」

町田の発言に他の理事たちは眉一つ動かさない。大沼も新堂も、的矢ならそれくらいやりかねないと考えているのだろう。悔しいがその通りだ。

「すいません、我々に政府機能の代替などできるんでしょうか？」

新堂が的矢に対して、少しは真面目にやれとでも言いたそうな視線を向ける。

「可能、不可能という話をすれば可能です」

大沼が難しい表情でそう発言する。この件に関しては、主務者は大沼副理事長であった。

彼女が難しい表情なのは、技術的問題ではなく、仕事にプライベートを持ち込みたくないのに、それでも組織代表として夫と仕事をしなければならないからだ。

柴田氏はプロフェッショナルとして接してくるし、それは大沼理事も同様だが、互いに対応のぎこちなさも感じているようだ。彼女の表情が難しくなるのはそうした面だ。

「まず、法律面から。政府がＮＩＲＣに、国の根幹となるデータのバックアップを管理させるための根拠となる法律、『国家機能を維持するための基幹業務情報の複製管理及び有事における保全義務に関する特別措置法』は、データバックアップに関する項目が中心ですが、最後の八〇条に『基幹業務情報の複製管理者は、政府をはじめとする公的機関が、その原本の使用が困難と判断される場合、使用者に対して複製情報を効率的に提供する義務を負う』とあります。この二行が、我々が政府機能の代替システム開発と運用を行う根拠となります」

さすがに新堂もこの説明で、大沼の意図を理解したものの、表情は少し青ざめていた。

「つまりオビックの攻撃で政府や中央官庁が壊滅……いや、機能不全に陥った時に、地方自治体に対して、我々がバックアップシステムを用いて、政府や中央官庁が行なっていた情報提供業務を代行するということですか？」

「着地点はそういうことだ」

的矢は肯定する。実を言えば法案作成時にはオビックの存在はわかっていなかったものの、ＮＩＲＣ主導で有事の抗堪《こうたん》性が高く、行政を効率的に処理できる電子政府のモデルを構築することを的矢は考えていた。

これは、さまざまな官庁がＮＩＲＣを傘下に置こうとする動きに対する、ＮＩＲＣ側の武器として活用するためだ。官庁の権限が法律を根拠とした情報独占から発しているなら、その独占構造を破壊するシステムは十分武器となる。

だから法律の条文では有事の運用について官庁ではなく使用者と明記し、そこを曖昧にしていたのだ。公的には地方自治体や、有事に政府管理となる企業などと説明していたが、的矢の真意は別にあったのだ。それがまさかこういう形で実現を求められるとは、彼も思っていなかった。

「まず、ＮＩＲＣのシステムは政府機能や中央官庁の完全な代替を目指してはいない。法律でも明記されているように、あくまでも有事あるいは緊急時に限定している。自然災害などの緊急時には、自治体の自由裁量が関連法規の整備により認められている。

これは政府や中央官庁の負担軽減を意味していた。中央にだけ情報が集中しても、処理しきれないまま麻痺状態になるのは自明のことだからな。有事だからこそ、権限を集中ではなく分散しなければ組織は機能不全に陥る。

情報も中央集中ではなく、分散して隘路《あいろ》を作らないのがもっとも安全であり、組織構造もそれに合わせるというわけだ。

したがって我々が作り出そうとしている政府や中央官庁の機能代替は、有事という条件下において限られたものとなるわけだ。基本的に中心となる行政機構はすでに用意された法律に則《のっと》って動くことになる。

何より重要なのは、我々は立法府ではない。あくまでも行政機関の機能の代替だ。立法や司法は別の機関に委ねることになる。具体的にはJEMAとの共同事業となるだろう。法的根拠を考えるなら、これがいちばん自然だ」

「まぁ、三権を掌握したら、NIRCは独裁機関となりますものね」

新堂は的矢の話をそうまとめた。

「それで、総理に説明しなければならないが、大沼理事、そのあたりの設計はどうなっている？」

この問題の研究そのものはオビック以前から進められており、大沼から報告は受けているのだが、安全保障の専門家の的矢には必ずしも正確に理解しているという自信がなかった。

「皆さん、我々がいま求められているのは、極論すれば政治の自動化です。オビックが敵対的な行動に出るかもしれないという状況では、人間による政治機能の負担軽減のためにも、政治の自動化・機械化は不可欠です」

大沼の専門がＡＩであることは理事会でも周知の事実であり、彼女のいう政治の自動化・機械化の意味もその辺だろうと的矢は解釈した。しかし、彼女の話にはさらに続きがあった。

「では政治とは何か？　哲学的な話をしようとは思いません。もっと具象的なことです。いまの議論の枠組みで、つまり政府機能が期待できないような状況での政治です。

この前提での政治とは、限られた資源の適切な分配手法です。資源分配を具体化するための権力が政府となります」

的矢をはじめその場の理事たちが大沼の話を飲み込むのに、しばらく時間が必要だった。理解するのは簡単だ。限られた資源を適切に分配する。海外との貿易も可能かどうかわからない状況では重要な課題である。

問題は、それこそが政治であると言い切ってしまう決断であった。ただ大沼の意見を問違いと言えないのも確かである。

「具体的に、どうやるんですか？」

大沼と同じ副理事長の町田が尋ねる。大沼の考えを咀嚼《そしやく》するのに一番苦労しているのが彼であるようだ。法務の専門家の思考法からは遠い考え方なのだろう。もっともＮＩＲＣの理事会では町田副理事長の視点の広さは常に建設的な議論につながっていたが。

「我々の課題は、最小の労力で最大の効果を上げるにはどうすればいいか？　です。そしてそのシステムには二つの機能が要求される。一つは国民への物資の提供、もう一つは国民の物質的欲求についての情報収集です。どこに何があり、誰がどこで何を必要としているかの」

「それは、かなり複雑な機構が必要になると思うのだが」

的矢は率直に述べた。電子政府という言葉には研究者を惹きつける魔力がある。しかし状況は、そのような理想的で完成度の高いシステムを構築する時間的猶予を許しそうにないのだ。

「その通り。ですから我々は一つの原則を共有すべきです。実現されない最善より、すぐに活用できる次善、もしくは三善を目指すべきだ、と。一人でも多くの国民に物質的な保障を行うべきですが、国民全員という実現不能な夢は追わない。

そのため政府には、政治の自動化から生じる恨みつらみを引き受ける覚悟を持ってもらわねばなりません。それが義務であり、国家権力から不可避に発生するものです」

「と大沼さんは言うが、議論の前提が政府機能の喪失だから、恨みつらみを引き受けるのは我々になるよ」

町田が不安そうな表情で指摘する。とはいえ、彼もそうした事態を覚悟しているように的矢には見えた。が、この点で大沼は役者が上だった。

「悪いのは我々ではない、オビックです。メディアにはそう流せば済む話です。違いますか？」

「話を本筋に戻してくれ」

的矢は窘《たしな》める。大沼のジョークには時々付き合いきれないことがあるが、最大の問題は、それがじつはジョークなどではないことだった。

「失礼。

物資を提供し、情報を収集する。それにはいかなる機構が必要か、その答えは単純です、既存のシステムを活用すればいい。具体的にはコンビニです。コンビニの物流網とそのための情報処理システムを転用する。

ただし、それらは倉庫の物資も含め、すべて機械化・自動化された政治機構により一元管理される。店舗のPOSシステムを活用し、地方自治体が個人認証を行えば、誰にどれだけの物資が渡ったのかを完全に把握できる。

おそらくはスマホで個人認証すれば、比較的簡単な手順で物資の分配は可能となる」

「国民のすべてがスマホを使えるわけではないと思いますが、それは？」

新堂は大沼の構想に何か不穏な気配を感じているようだった。確かにそうだ。大沼の構想は一つ間違えると全体主義に繋がりかねない。ただ大沼は劇薬を劇薬とわかっていて処方できるだけの決断力がある。この点は自分よりも遥かに大物だと的矢は思っていた。

「はい、その点が現場については地方自治体に委ねる理由です。我々が組む大枠で対処できるのは、多くても大都市圏を中心とした全国民の六割程度。主として地方在住となる残り四割は自治体に任せるよりありません。

理由は三つあります。一つは、それにより我々の負担を軽減すること。NIRCのシステムだけで日本全体の管理など不可能です。

二つ目は、中央集権的にしすぎると、我々が機能停止に追い込まれた場合、日本全体が機能停止になる。そうしたことを避けるために、可能な限り自治体の裁量権を確保する必要がある。

そして理由の三つ目は、このシステムが全体主義に堕することを回避するためです」

「それは言い過ぎではないか？」

町田の意見は的矢にも理解できた。だが率直に言って、日本のロジスティクスを一元的に掌握しようという試みは全体主義との親和性が高い。それそのものは全体主義を意味するわけではないが、そのための道具には使えるのだ。

「話を単純化すれば、我々が担うのは、倉庫から駅までです。駅から市民までのラスト一マイルこそ物流のもっとも重要な部分ですが、そこはＪＥＭＡと自治体に委ねる。

話の前提は非常時です。県庁なり市役所なりではすべてを抱えきれない。我々が国レベルから自治体レベルまでの物流を最適化するように、自治体は駅から市民までの資源配分を最適化する。この状況でＮＩＲＣとＪＥＭＡ・自治体は権限を分割する形になりますが、これもまた全体主義を回避する根拠となります。

何より重要なのは、我々のマンパワーに限度があるように、自治体のマンパワーも明らかに足りないということです。日本は基本的に人手不足の国なんです。

そうであれば、市民への物資配分には市民自身の手を借りねばならない。多様な状況に対して迅速に対応しようとすれば、市民による分散処理しかない。そのような仕組みが全体主義体制を回避するリスクヘッジになるわけです」

それは的矢の思考法の中にはなかったような発想だ。それは町田も同様だったらしい。

彼は言う。

「私の曽祖父は太平洋戦争の経験者ですが、一番タチが悪かったのは役人ではなく、役人から一部の権限を請け負った連中だったと聞いたことがあります。米だの砂糖だのの配給の権限を与えられたので、その専横は役人以上だったと。

時代は変わったとしても、国民性はそう簡単には変わらない。ならば分散処理で権限を散らすというのは、同じ過ちを繰り返さないために不可欠な要素かもしれませんな」

大沼の構想は、的矢よりも町田に刺さったらしい。

「ならその方向で作業を進めよう。法務関連は私と町田さんが、技術面は大沼さんと新堂さんで、チームの人選を頼む。可能なら、明日からそのチームで動きたい」

的矢は理事長として、それを決定する。

「町田さん、大沼さんと一緒に政府に提出する文書の草案を作ってくれ」

「いいですが、どういう方向で？」

「この構想が、物流の効率化の話であって、体制変革を目的としたものではないというような方向で」

「まぁ、それは作文次第ですが、体制変革も何も、政府機能が麻痺した状態という前提の話ですからね。体制変革は不可避じゃないですか。嘘を書くことになりませんか」

「嘘にはならんよ」

的矢は言う。

「体制が変わるのは物資分配の効率化による結果である、目的ではない。だから嘘じゃない。違うかね？」

「……なるほど、正直ではないものの、嘘ではないですね」

二〇三X年五月一六日・岐阜県鉱山跡地

LED照明はその空間に十分な明るさを与えていた。そこは幅二〇メートルのトンネル三本が交差する空間だった。直径四〇メートルで高さ一〇メートルのドーム状になっている。その天井には多数のLED照明が設置されている。

そこには高さ二メートルほどの灌木が植えられており、公園を形成していた。園内の通路は場所によっては高低差がつけられ、何ヶ所かで立体交差させることで、狭いながらも閉塞感を緩和し、平坦な景観を解消するための工夫がなされていた。

ただ池などはまだ窪地のままで、外構工事は完成していなかった。

「この円形公園が四ヶ所に、これらをつなぐ通路も緑地化するわけだな。仮想空間でも感じたが、緑地帯としてはやはり貧弱だ。まぁ、無いよりは遥かにマシだがな」

東洋カーゴエクスプレス統括施設部長である柴田健夫は、施設内を移動する電動カーゴから降りると、ドームの天井を仰いだ。

「野球はできるの？」

柴田に対して現場監督の月下《つきした》が即答する。

「野球はできません。ここは公園なんです。球技は禁止です」

柴田は装着しているスマートグラスで、施設の全体像を表示する。

施設は鉱山の中だけでなく、その周辺も含まれていた。有人や無人を問わず大型トラックが出入りできる広い駐車場と、運転手のための付属施設やガソリンスタンドに、整備工場が地上にある。

これだけでも東京ドーム施設全体の三個分の面積になる。そして本丸である地下施設はこの駐車場と結ばれていた。柴田の会社が地下物流倉庫を建設したのは、建前としては地下なら倉庫を立体的に増設できるので、将来的な拡張が可能だからという理由だった。

それも嘘ではないのだが、地下に建設する主たる理由は大規模地震や武力紛争を伴う有事に備えるためだった。社会機能を維持するための物資を鉱山跡地に集積し、海外とのサプライチェーン網が途絶しても、一定期間は物資の供給を可能とすることが重要な役割とされた。

このため施設の公式の監督官庁はＪＥＭＡであった。単に監督官庁というだけでなく、彼らの活動拠点としても想定されていた。

その文脈で、ここは地下シェルターとしての機能を有しており、最大で二万人の人間が一年生活できるだけの能力を持っていた。これはあくまでも地下施設の話であり、屋外の駐車場も活用すれば、その数は五万人にまで拡大できる。

地下の二万人については、ＪＥＭＡ関係者をはじめとして、資格を持った政府職員や県庁職員が移動することが想定されていた。日本政府の各種電子データのバックアップが置かれており、必要に応じてここが自治体の行政府として機能することになる。

こうした施設が岐阜をはじめとして、日本全国に五ヶ所完成間近であり、さらに七ヶ所で建設が着手されていた。ただオビックの問題で機能できるのは最初の五ヶ所だろうと柴田自身は思っていた。

比較的短期間に問題が解決すれば、稼働できるのは五ヶ所であるし、問題が長期化すれば、残り七ヶ所を建設する余裕はないと考えるからだ。

ただ、この地下施設にいわゆる完成という状態はなかった。現在建設しているのは核となる部分であり、周辺環境の進展に伴い、地下施設を拡張できる設備はそのまま残されることになっている。

日本の慢性的な人材不足は各方面に波及しているが、その対策も行われていた。たとえばこの地下施設の工事では、人間が操縦する高さ四メートルほどのロボットが多数使われている。鉄道会社のメンテナンスなどから経験を蓄積し、すでにインフラ整備や土木工事現場ではそれほど珍しい存在ではなくなった。

自衛隊の一部の施設科大隊にも配備され、陣地構築の迅速化や故障車両の回収などにも使われているという。

自衛隊では野戦築城作業機と呼ばれ、退役した七四式戦車の車体部分が活用されていた。これは水密構造の車体を用いることで、敵前で渡河作業を行うことが想定されていた。もちろんこの野戦築城作業機はＩＤＳＰ（環太平洋統合防衛システム：Integrated Defense System for the Pacific Rim）とリンクされていたが、七四式戦車の車体の必要なユニットを搭載する余裕はなく、それらはロボット側に装備されていた。

柴田が建設している地下の物流施設で使われているのも、ＩＤＳＰ機能を載せていない点を除けばこの野戦築城作業機と同じ物だった。車体も戦車のままだが民生品扱いである。もちろん戦車の車体を活用しているのは政府関連の契約工事が大半で、通常はブルドーザーの車体にロボットを結合する形式だった。

それでも柴田の会社がこうした特殊機材を用いるのは、やはり自衛隊の人材不足のためだ。民間企業で自衛隊と同じ機材に習熟した人員がいれば、有事にはそうした人材の徴用で現場を回せるという計算だ。

実際のところ建設現場では、戦車の車体は高性能で重宝する部分もないではないが、ランニングコストは高かった。しかし、東洋カーゴエクスプレスが有事に物流を請け負う準国策会社という性格を考えれば、仕方がないと柴田も納得していた。統括施設部長として納得しなければならない立場だったからだ。

「SMRって、小型モジュール炉（Small Modular Reactors）のことですよね、それを搬入するんですか？」

外の駐車場の一角に鉄道コンテナを組み上げた仮設事務所の中で、柴田は社長直々《じきじき》にその話を知らされた。建設中の地下施設の電力を現在のように外部の送電施設により賄《まかな》うのではなく、小型モジュール炉を導入しろというのだ。そんな話は聞いていないし、設計にも含まれていない。

もちろん有事前提の施設であるから、ディーゼル発電設備により三日分の電力は確保できるようになっていたが、それとは別の話らしい。

「そんな話がいつ決まったんですか？　そもそもＳＭＲって一度開発が頓挫していたんじゃありませんでしたっけ？」

相手が社長でも、柴田は疑問点を質《ただ》すことを躊躇《ちゅうちょ》しない。それは社長の人間性を信じているからである。社長がこんなことを突然言ってくるというのは余程のことだ。なおさらプロジェクトの責任者としては背景を知らねばならない。

「小型原子炉の研究そのものは三鷹の海上技術安全研究所で続けられていた。海自のずいかく型空母の三番艦以降を原子力にするためにな。

でだ、ここから先は機密事項だと了解してほしいが、ＩＡＰＯの提案で原子力宇宙船が建造されるらしい。そのための原子力エンジンの試験を兼ねて、ＳＭＲが開発される。基礎実験のためのスピンオフと考えてくれ。

詳しいことは私も知らされていない。おそらく君の奥さんの方が事情には通じているだろう。ＮＩＲＣがかかわっているというから」

原子力宇宙船のことは知らなかったが、ＩＡＰＯの日本側代表がＮＩＲＣであり、担当者が妻の大沼博子なのは、柴田も知っていた。

「なるほど。でも、彼女は僕にそういう秘密は漏らしませんよ」

「わかってる。私だって、君らとは昨日今日の付き合いじゃない。

私なりの人脈で調べた範囲だが、どうも原子力エンジンと並行して各国で多数のSMRを製造することになったようだ。送電網が機能しなくなった時に、政府機能を維持するために」

「政府機能の維持……つまりここの施設拡充は、万が一の場合には政府関係者が避難するためのものということですか？」

「そこまではわからん。我が社は物流センターの拡張でシェルターを実現しているだけで、県庁には対応できても政府レベルという話はない。政府は政府で別途、ゼネコンに依頼しているらしい。まぁ、それが合理的だろう」

社長はそう言ったが、柴田はいまひとつ納得できない。

「政府機能を移動するにしても、巨大な地下施設なんて一朝一夕では掘削できないでしょう。そんな地下施設なんか日本にはないですよね」

「まぁ、現政府にはな」

社長は口ごもる。

「柴田さん、ここからの話は他言無用でお願いする。じつは放棄された巨大地下施設が日本にはあるんだ。そこを機械力の投入で、復活させる。あくまでも業界の噂だが、自衛隊の各施設大隊から野戦築城作業機がどんどん移動している。一気呵成《いっきかせい》に政府用の地下シェルターを完成させるようだ」

「どこにそんな場所があるんですか？」

どうにも納得できない柴田に、社長は言った。

「長野県松代町《まつしろまち》だよ、こう言えばわかりやすいか、松代大本営跡地」

4　モルディブ沖海戦

二〇三X年五月一六日・モルディブ沖

海上自衛隊の大型艦艇は規格化・共通化したCIC（Combat Information Center：戦闘指揮所）を用いるのが原則であったが、唯一の例外がASE6103試験艦からつであった。艦艇搭載装備の実験を行うこの船は、航行にあずかる乗員が三〇人に過ぎず、ほとんどが試験要員だった。

このため独立したCICは置かれず、装備品を試験するための制御室に、CICの機能が同居していた。これは兵装の運用がCICでの作業手順に影響するためだ。

第一特別任務部隊司令である赤目《あかめ》信彦《のぶひこ》一等海佐は、それもあってどうも落ち着いていられなかった。円形の部屋に三六〇度モニターが展開している通常のCICの情景に慣れていると、試験を行う装備品に合わせて、あちこちにモニターが分散している光景は、どうしても雑駁《ざっぱく》な印象を受けてしまうのだ。

それでも必要なら、CICで航行や艦内機器の整備運用を一元的に行えるTSCS（トータルシップコントロールシステム）の機能は具現されていたし、乗員の制服に付属したモニターでバイタルデータもチェックできた。

それは健康管理の意味もあったが、一番の目的は万が一の戦闘時に負傷具合や生死を判定するためだ。限られた医療スタッフで最大の効果を維持するためには、AIによるトリアージ判定が不可欠なのだ。

「司令、高高度ドローンからの映像です」

砲雷科から赤目司令の正面にあるモニターに、高高度ドローンからの映像が表示される。同じ映像はからつ艦長の服部勇一《はっとりゆういち》二等海佐のコンソールにも送られているだろう。

任務の性格上、このデータはIDSPにより防衛省にもリンクされているし、おそらくはペンタゴンにも通じている。

海自の高高度ドローンは、米軍などが保有している超高空を極音速で飛行するような飛行機ではなく、大型気球で高度五五キロまで上昇でき、ある程度の自走能力もあった。国際的な慣習では高度六〇キロから宇宙なので、ほぼ宇宙まで上昇できる気球といえた。

気球だけにトン単位の装置類を積み込めるので、通常は眼下の海洋を広範囲に監視したり、レーザー通信の中継局として運用されるほか、必要なら宇宙空間の監視も行えた。

その高高度ドローンのカメラは、モルディブ上空でほとんど動かない低軌道衛星、いわゆるブラックナイトの姿を捉えていた。オビックはこの海域で軌道エレベーターの建設を目論《もくろ》んでいると分析されていた。そのために重要な役割を担うのがこのブラックナイトと思われていたのである。ターゲットの性質から気球によるドローンが選ばれたのだ。

「本当に馬の首だな」

赤目司令はそう呟く。レーダーなどの計測によって、オビックが軌道上に設置したとされるこの衛星の大きさは三メートル前後と思われ、形状は当初「L字形」と言われていたはずだったが、いつの間にか「馬の首」でとおるようになっていた。

「ワイヤーは見えませんね」

司令の斜め後ろに位置する服部艦長が話しかける。声は後ろからだが、正面モニターには艦長の顔が小さなウインドウの中に見えた。

「ごく細いものらしい。トンネルの先進導坑に相当して、これを利用して太いワイヤーを降下させていくという話だ」

「それはＮＩＲＣの分析ですか？」

服部艦長が興味深げに尋ねる。防衛省とNIRCは創設時から冷戦状態にあるため、艦長クラスの幹部でもなかなか情報は流れてこないからだろう。

「私はそう聞いている。学者の集まりだから、そんな研究をしてるのもいるのだろう。それに米軍の分析だったら、我々にまで情報は降りてこんだろう」

「確かに」

赤目の言葉に服部も苦笑した。そして言う。

「オビックも馬鹿ですよね。低軌道の静止衛星など、目立つだけなのに」

低軌道のブラックナイトがほぼ静止しているのは、この衛星が軌道エレベーターのワイヤーと結ばれているためと思われた。

オビックの軌道エレベーターのワイヤーは、イギリス海軍部隊によりアッズ環礁にあった地球上の接続点を発見され、爆撃により粉砕された。

しかしオビックは軌道エレベーターの展開を諦めたわけではないらしく、ブラックナイトとケーブルを接続し、人類の警戒が手薄になったタイミングで、再び地上にケーブルを降下させている節があった。

そこでIAPOの勧告を受けた国連の有志連合国海軍が、ブラックナイトの直接攻撃を実行することとなった。

有志連合国海軍という形になったのは、国連軍を編成すべきではないかという日本の提案に対して、国連の緊急安全保障理事会にて常任理事国がすべて棄権するという前例のない結果になったためだ。これはどこの国も世論はもちろん、政府内の意見すらコンセンサスが取られていないという状況に起因する。そうした環境での妥協策が今回の作戦だったのである。

それはすでに護衛艦うみぎりをオビックのために失っていた日本も同じであったが、安全保障理事会の結果は「日本が攻撃するなら止めない」というものであり、有志連合国海軍と言っても、ＩＤＳＰで結ばれた関係国が、第一特別任務部隊を「護衛」とか「支援」の名目で取り巻いているというのが実情だった。

赤目司令は、今回の作戦が実質的に海上自衛隊の艦艇だけで行われるもう一つの理由があると考えていた。それは試験艦からつという艦の特殊性だ。

海上自衛隊が保有する試験艦三隻のうち、最新鋭艦からつは排水量八〇〇〇トンの大型艦で、大電力を消費する兵器の試験のために建造された。当初はレールガンの試験が中心だったが、いまは大出力レーザー光線砲の実験を主たる業務としていた。

膨大な数の半導体レーザーを光ファイバーを用いて結合し、強力な一つのビームにするというものだ。大出力レーザー光線砲は、アメリカをはじめ幾つかの国で実験が行われていたが、多くは陸上設置型砲台としての運用が検討されている中で、海上自衛隊の試験艦からつだけが艦載兵器としての実験を続けていた。

技術開発のマネジメントとして、レーザー光線砲を艦載兵器として開発するのが妥当なのかどうかという議論はあったが、ともかく世界の海軍で大出力レーザー光線を照射できるのは試験艦からつしかなかった。

この状況にあって、ASAT（衛星攻撃兵器：anti-satellite weapon）としてのレーザー光線が使えるかどうかの試験も今回の作戦は兼ねていた。それなりの規模の工業国は、基礎科学レベルでこうしたレーザー光線砲を実用化できるだけのポテンシャルを有していた。足りないのは、実用化のための投資に見合う効果が得られるという確証である。

現実に直接攻撃を行うからつと、それを護衛するはつゆきの二隻だけの部隊に、それに数倍する有志連合国海軍の艦艇が周辺海域でIDSPと結ばれているのは、これから始まる戦闘データを集めるためだ。はつゆきは旧海軍の駆逐艦の名前から数えれば四代目になる護衛艦だ。基準排水量六〇〇〇トンを超える、海上自衛隊が保有する最新鋭護衛艦の一隻だ。

もちろん海上自衛隊がデータ提供を拒否する可能性もあるのだが、その選択肢はほぼ使えない。一つにはレーザー光線砲開発のための資材や半導体関連で、アメリカと韓国からの技術提供を受けており、この二ヶ国にはデータの多くを公開する義務があったこと。

さらにIDSPに関する関係国の取り決めにより、情報提供を拒否した国には、報復としてその国とだけ情報を共有しないことが許されるため、情報非公開の方がデメリットが大きいと判断されるからだ。

たとえば試験艦からつがブラックナイトを攻撃している状況を、有志連合国海軍艦艇の幾つかはリアルタイムで観測しているのだが、情報非公開とすれば、報復としてその関連情報も入手できなくなる。

全体を俯瞰して見れば、試験艦からつの単独攻撃こそ、日本にとってメリットがあると海自の首脳陣からは説明されたものの、赤目の主観では日本だけが手札を晒《さら》すような気がして仕方がなかった。

もっとも当のからつ艦長の意見は違うようだった。日本を出る前日、赤目はこの考えを服部だけに話していた。それに対して彼はこう言い放った。

「大砲は、火薬というエネルギー物質を解放する兵器なので、艦が多少傷ついても反撃できます。しかし、レールガンとかレーザー砲の類は艦からのエネルギーを変換する構造なので、どうしても抗堪性《こうたん》は低くなる。

一〇〇年後なら知りませんが、今日明日に艦載兵器として実用化できるようなものじゃありませんよ。役立たずってことをみんなと共有して、日本が失うものはありません」

「それなのに、貴官は実験を続けているのか？」

それに対する服部艦長の意見は明快だった。

「えぇ、一〇〇年後の日本人のために。我々が行なっているのは、基礎実験ですからね」

第一特別任務部隊の二隻の艦艇は、五月一六日の午後遅くに作戦海域に到達した。海上は夕刻が迫っていたが、標的であるブラックナイトは上空一二〇キロに位置するため、いまも太陽光を浴び、シルエットは明確だった。

護衛艦はつゆきからはすでにドローンが射出され、周辺海域を探査しており、母艦の警戒レーダーも周辺空域を監視していた。その状況は試験艦からつからもＩＤＳＰ経由で情報共有されていたが、特に注目すべきものはない。

赤目司令としては、国籍不明機とか潜水艦というようなお馴染みの相手でも探知してくれた方が気が休まる気がした。既知の脅威は自信を持って判定ができる。

そもそも昨今のＣＩＣではＡＩ機能が脅威度の判定までしてくれる。司令や艦長の立場の人間であっても、それらの支援のおかげで自分が下す命令への不安がない。

しかし、ブラックナイト攻撃は違う。ＡＩの脅威度判定も、どの選択肢に対しても十数パーセントの確度しか保証してくれない。つまり前例のない状況で、すべての判断を人間が行うことになる。

本来ならＩＤＳＰで現場と中央が結ばれるというのは、現場で判断困難な問題を中央が判断し、指示を出すためのものと赤目は認識していた。確かに過去にはそういう場面もないではなかったが、前例がない事態に対してＡＩの脅威度判定の信頼性に疑問があるいま、防衛省幹部の立場は「命令の遂行に伴う状況変化には現場の自由裁量を認める」というものである。

「丸投げ」の三文字で済む話に八倍の文字数を費やす国語力に、中央で偉くなる人の言語感覚は現場叩き上げの自分とは違うのだと赤目は思っていた。

この移動の間にはつゆきのセンサー群と高高度ドローンの情報から、ブラックナイトが軌道エレベーターのケーブル末端ではなく、そこから一〇〇キロ下、海面から二〇キロ上空に真の末端があることがわかった。

そこで赤目司令は攻撃命令を若干修正し、最初にブラックナイトから地上に降りているケーブルの切断を行い、その後にブラックナイト本体の攻撃にかかることにした。

衛星攻撃が万が一にも不首尾に終わったとしても、ケーブルを切断することで、オビックの侵攻を遅らせる意図とともに、自分たちのレーザー光線でケーブルが切断できるのか？　という確認行為も含まれている。それもできないようでは、作戦遂行は困難だ。

静止軌道上にあるケーブルの本体とブラックナイトとの間を切断しないのは、せっかく低軌道で静止しているブラックナイトが移動してしまうからだ。この部分の切断は、衛星攻撃が失敗した場合の、最後の手段となる。

作戦は立案され、ＡＩがシステムに攻撃シーケンスを伝達し、攻撃開始のカウントダウンが開始される。

「第一次攻撃開始！」

赤目は隷下《れいか》の艦長二人にＩＤＳＰを介して命じるが、システムに作業を委ねた時点で彼からの命令下達《かたつ》は終わっており、音声での命令は儀式のようなものだ。意味を持つのは「攻撃中止」だけだった。

レーザー砲塔はスタビライザーにより完璧な水平を維持しながら仰角一杯に、レーザー光線を照射する光学機構を宇宙に向ける。今回の作戦海域は、ブラックナイトの高度とレーザー光線砲が達成可能な仰角の関係で、幾何学的に決定されていた。

第一次攻撃は秒単位で終わった。元々細いケーブルは瞬時に切断され、ブラックナイトから切り離された。そのケーブルは、上端と下端で一〇〇キロの高さの違いがあることと、角運動量と空気抵抗の違いもあって、上端部が高速で大気圏内に突入する形となった。

さらに上端部が大気摩擦による衝撃を受けると、その衝撃波と温度がケーブル内を伝搬《でんぱん》するという複雑な現象を起こした。ケーブル自体がほぼ炭素から作られていることとも相まって、大半は海面に衝突する以前に、大気圏内で酸素と反応し燃え尽きてしまった。

試験艦からつがこの状況を記録できたのは、単にケーブルの燃焼で生じた赤外線によるものだった。可視光のカメラでは何が起きたのかわからなかった。

「蓄電池の容量は八二パーセントです」

作戦終了とともにAIがからつ艦内に報告する。蓄電池のデータは司令部でも共有されているはずだ。

テストすべき装備品の構成にもよるが、現在の試験艦からつは試験のための収納空間をほぼ充電池が占めていた。これはレーザー光線砲が必要とする大電力を、艦の発電能力では賄《まかな》えないからだった。

正確には、大出力レーザー光線砲が要求する瞬間的に大電力を消費する特性と、通常の艦艇用発電機の発電特性がまったく異なるためだ。発電機で生まれる電力が河川を流れる水だとすれば、レーザー光線砲が求めるのはダムが決壊するときの水力なのだ。

だから試験艦が作り出す電気は、船体内のあちこちに設置された巨大蓄電池に蓄えられる。実をいうと、からつに搭載しているレーザー光線砲の基礎技術については、アメリカや韓国など複数の国からライセンス料を払って導入している。日本独自のものは瞬時に電力を放出する蓄電池技術と、その蓄電池を急速冷却する技術にあった。

「ターゲットの顕著な反応はありません」

高高度ドローンを担当している幹部から報告があった。映像でもブラックナイトの動きに変化は見られない。ケーブル切断の熱エネルギーも、衛星に伝搬する前に宇宙空間で冷やされていたようだ。切断も瞬時であり、それは想定内のことだ。

「第二次攻撃開始！」

高高度ドローンと護衛艦はつゆき、その搭載ドローンの複数のセンサーがブラックナイトを捉え、それらは試験艦からつの火器管制システムへとデータを送る。

照準という点では、ケーブル切断は容易だった。上下に一〇〇キロも展開しているのだから、横方向に一閃すればどこかの時点で切断できる。しかし、ブラックナイトを直接攻撃するとなると話は違ってくる。この場合は、一二〇キロ先にある全長三メートルの物体に直接命中させなければ破壊できないのだ。

試験艦からつがモルディブ諸島まで前進し、ブラックナイトのほぼ真下まで移動したのも、砲戦距離を最小限度の一二〇キロに抑えるためだった。

　もちろんそれだけでは命中などおぼつかない。そもそもレーザー光線といえども光学系から照射され、ブラックナイトまでの一二〇キロの間に拡散し、エネルギー密度は低下してしまう。

　そこで試験艦からつから照射されるビームは通常よりも極端に細いレーザー光線で、ブラックナイトを照射すれば、拡散しても破壊できるだけのエネルギー密度は確保できる。

　それでもレーザー光線が一二〇キロ先の目標を撃破するための命中精度を確保するには、さらにひと工夫が必要だった。それを実現するのが高高度ドローンの役割だった。

　高度一二〇キロは宇宙空間の扱いだが、希薄ながらも地球大気の影響を受けている。このためブラックナイトを狙ったはずのレーザー光線が外れた場合には、その希薄な大気がレーザー光線により励起され、固有の電磁波を放出する。

　なので高高度ドローンや護衛艦周辺のドローンなどがその電磁波を観測すれば、ブラックナイトに対してレーザー光線砲の光軸がどれだけずれているかが計測できる。

　そうやってズレを修正するように光軸を調整すれば、ブラックナイトに命中する理屈である。事前のシミュレーションでは、蓄電池の残量がゼロになる前にブラックナイトを破壊できていた。しかし、実戦ではわからない。

　レーザー光線砲が作動し始めると、試験艦からつのどこからか、機械音が聞こえ始めた。

「艦長……これは？」

「あぁ、冷却装置の作動音です。電流を流しすぎると蓄電池が熱を持つので自動的に冷却します」

服部艦長が言うように照準はだんだんブラックナイトににじり寄っているようだったが、蓄電池の残量に反比例するように温度は急上昇していた。そしてシステムは緊急停止する。蓄電池の過熱のためだ。

それでもシステムは衛星破壊が可能なレベルには程遠いが、照準を定めるプロセスまで停止しないように、低出力の照射を続けていた。ただレーザー光線と標的との位置関係は再びずれ始めていた。

「緊急冷却！」

それはレーザー光線砲の制御システムによる自動音声だった。赤目司令は戦闘継続を優先するよう戦闘前に設定していたので、すべてはＡＩの判断だ。司令にこの段階でできるのは中止命令だけだが、むろんそんな命令など出さない。

しかし、緊急冷却の宣言とともに、艦内に笛でも吹くような甲高い音が響き渡った。

「なんだ！」

動揺する赤目に服部は言う。

「冷却です、司令。揮発性の高い冷却媒体を気化させて蓄電池を冷却しているんです。通常の過程です」

モニターには試験艦からつの船体各部の状況も映っていたが、蓄電池が収容されている壁面部シャッターが一斉に開放されたかと思うと、水蒸気のようなものが一気に噴出する。その勢いは凄まじく、船体の様子が白煙に包まれてカメラからは一時的に見えなくなるほどだ。

だが確かに蓄電池の温度は下がり、出力は再びピークを迎えていた。そうしている間にレーザー光線砲の光軸は着実にブラックナイトの座標に接近していた。蓄電池の温度はそれに伴い上昇していたが、すぐに笛を吹くような音が艦内を駆け抜ける。

蓄電池の電力は急激に低下し、ついに二〇パーセントを切り、そして温度は危険領域まで上がりつつある。しかし、あの甲高い笛を吹くような音は聞こえない。

「艦長？」

「司令、緊急冷却媒体は二回分しかありません。今回のように電力を使い切る運用は想定されていないので」

「しかし、ならば火器管制システムのＡＩは、なぜそれを報告しないのだ？」

赤目に対して、服部はあくまでも冷静だった。何が起こるかわかっていたためだろう。

「AIの真意は小職にはわかりかねますが、推測するに標的撃破を最優先とし、そのためには蓄電池の被害は無視すると判定したのでしょう。ここで蓄電池の自然冷却を待ってはいられません」

電力残量が三パーセントにまで減少した時点で、からつ艦内の気温さえ五度ほど上昇していた。それでも、火器管制システムのAIはエアコンに投入する電力も遮断して攻撃に投入し、ついにブラックナイトにレーザー光線を命中させる。高高度ドローンなどがブラックナイトの消失を確認後に、戦闘は終了した。

ブラックナイトを撃破したというのに、乗員たちは赤目が拍子抜けするほど淡白な反応だった。激戦ではあったものの、すべての戦闘がコンソールの中で完結しているのが、無機質な反応となっているのか。

「艦長だ、各部門、損害状況を報告せよ」

艦内温度は三〇度を超え、蓄電池の残存電力はコンマ五パーセントを表示していた。ただし蓄電池の充電可能容量は、作戦前の六五パーセントを示している。つまり三分の一のバッテリーセルが急激な過放電で使用不能ということだ。

レーザー光線砲の攻撃データは作戦の性格上、最初からIDSPに公開されているが、それ以外については各国の主権の下にあった。

このため指揮系統として、試験艦からの各部の損害状況は、まず服部艦長に報告され、その後に司令に報告され、IDSPへは赤目司令の判断でつなげられる。とはいえ、現実はIDSPにデータを公開しないという選択肢はない。そして艦長から司令を介して、IDSPにデータが載るまで一秒もかからない。

「艦長、蓄電池の修繕費の問題か？」

試験艦内の冷めた空気と服部艦長の不安そうな表情に、赤目司令は蓄電池などの損傷のことを思ったのだ。三分の一の蓄電池が使用不能となれば、その修繕費は一〇億、二〇億という桁になるだろう。

「いえ、司令、違います」

服部の表情は、赤目の飲み込みの悪さに驚いているように見えた。

「ログを見てください。これはどういうことでしょう？」

艦長はレーザー光線砲システムのログを赤目の前のコンソールに表示する。服部はログが読めるのだろうが、生憎《あいにく》と赤目は読めない。彼が任務部隊の司令に抜擢されたのは、部隊と組織運営の実務経験によるもので、IT関連に明るいためではなかった。そこが試験艦の艦長との違いだ。

「特に問題とは思えないが」

現実にログは読めないのだから、嘘は言っていない。

「電源管理を見てください。火器管制システムのＡＩは、蓄電池からの電力だけでは足りないと判断し、電源回路の構成を組み替え、放電を終えた一部の蓄電池に機関部の発電機の電源を接続し、給電システムの底上げをしています。想定外の急速充電と急速放電を行なったことも、蓄電池の寿命を縮めたようです。

付言すれば、艦の電力系統は、機関部の発電機と装備品に供給する蓄電池の二系統があり、兵器類の実験中は給電しないようになっています。実験が失敗した場合に、本艦の機関部に波及しないようにです。つまりＡＩは本来なら起こり得ないシステムへの介入を行い、蓄電池の寿命を縮める結果となったんです」

赤目には信じられない話だった。ＡＩが人間の指示に背くのではないかという話は何年も前から議論されていたが、まさか自分がその当事者になるとは……。

「艦長、それはいささか違うと思います」

そうやって画面の中から異を唱えたのは、蓄電池の管理室で配置についていた兵器長の小和田《おわだ》京治《きようじ》三等海佐だった。画面経由で議論に参加したのだ。

「ＡＩによる電源回路の構成組み替えは想定外ではありません。からつのＡＩはＩＤＳＰの標準仕様に基づいて、複数のＡＩによる分散処理システムになっています。

まずダメージコントロール担当のＡＩが、機能を停止した蓄電池セルによるパフォーマンスの低下を、艦の発電システムから給電で補おうとしたのです。

艦長が指摘したように、本艦の電源系統は発電機と蓄電池の独立した二系統が用意され、機関部に兵器の影響が波及しないようにできています。しかし、それでも兵器により損傷が生じた場合には、ＡＩがダメージコントロールを優先し、電気系統を大幅に組み替えるという判断を行なったわけです。

我々の考えが足りなかったという意味では想定外ですが、ＡＩの設計という観点では、起きても不思議はありません」

赤目にはその話もさっぱりだったが、服部艦長には伝わったらしい。

「艦に損傷が生じたことで、ＡＩは独立した二系統の電源を維持する必要を認めなくなったということか」

「簡単に言えばそうなります、艦長。ＡＩは設計通りに機能し、我々に反乱を起こしたわけではありません」

それはよかったし、ブラックナイトも任務どおり破壊できた。しかし、蓄電池の三分の一を失ったのは痛い。兵器長の話を信じるなら、蓄電池だけでは電力不足で標的を撃破できなかった可能性も示唆されている。

試験艦からつの性能もこのことで証明はできたわけだが、下手をすれば類似の案件での出動増も考えねばなるまい。とはいえ、船体構造が特殊すぎるこの護衛艦を簡単には量産できない。

ハブ港と地方の港湾を結ぶような小型のコンテナ船に蓄電池を積み上げれば、レーザー光線砲の電力はカタログ的には確保できる。しかしながらレールガン同様、この手の新型火力で重要なのは砲そのものではなく火器管制システムであり、それらを組み込むとなれば、小手先で商船を改造しても使い物になる兵器にはならないだろう。

赤目司令のそんな考えは、ＡＩによる警戒警報により破られる。

「アンノウンが本艦に接近中です。速力一〇ノット」

赤目の正面のモニターが対潜水艦戦用のものに切り替わる。試験艦からつを中心とした座標表示で、左舷側面から何かが接近していた。側面ソナーアレイによる映像では、それは全長五〇メートルの魚に見えた。

そしてソナーからの映像はノイズとともに消えた。対象物が船体に接近しすぎ、ソナーアレイの死角に入ったのだ。それと同時に左舷側のあちこちから、船体を叩くような音が聞こえてきた。

艦長の傍にある電話が鳴ったのはその時だった。

「艦長、大変です、チューバーが海上から乗り込んできます。その数、五〇、いや一〇〇体以上！」

服部艦長はすぐに正面のモニター画面を監視カメラに切り替える。そこには鉄パイプを組み合わせたようなチューバーの姿があった。

「総員直ちに戦闘配置に就け！　第一分隊は武装し、侵入物を排除せよ！　第三分隊は現在の配置を維持！　その他は第一分隊の支援に当たれ！」

服部艦長はすかさずそう命じるとともに、右腕ともいうべき先任伍長が室内の隅にある頑強なロッカーから数丁の短機関銃を取り出し、赤目司令にも一丁を手渡す。

「これは何だ？」

どうして自分に銃を渡すのか？　という意味だったが、先任伍長はとぼけているのか、こう答える。

「SIG MPX Kです。米軍と一緒ですよ」

第一特別任務部隊はオビックの衛星撃破のために出動しているが、法的根拠は「海賊等から海洋航路の安全を図る特別措置法」などにあった。オビックは「海賊等」という解釈だ。

この法律に則《のっと》り、海洋での長期間の警察活動を念頭に弾薬等の融通を行うため、関係国の武装は共通化されていた。赤目もそれはわかっていたが、具体的な武装などについては把握していない。

「私も戦うのか？」

我ながら間抜けな質問と思ったが、普通はこのような状況で部隊の司令が銃を取ることはない。

「護身用です」

先任伍長は面白くもなんともないという表情で、他の乗員に銃を手渡していく。

「司令、ＳＩＧは使えますか？」

服部艦長は慣れた手つきで短機関銃を点検している。

「年一回の研修は受けている」

研修を受けたことは短機関銃が使えることを意味しないが、服部はそれ以上は尋ねない。

その代わり、弾倉を手渡してきた。

「僚艦のはつゆきが陸戦隊を編成しています。我々が甲板以下を守り、陸戦隊が乗艦すれば、チューバーを挟撃できます。

ただ本艦の砲雷科の第一分隊は一〇名です。艦内の入口を死守することはできても、司令を警護する余力はありません。万が一の場合は、ご自分で生き延びてください」

その間にモニター上では戦闘が映し出されていた。そして生体モニターが氏名と階級とともに、二名死亡を表示していた。

鉄パイプを組み合わせただけの雑なロボットに見えるチューバーだが、集団が磁力で船体に張り付き、仲間を足場にして、次々と甲板に上がっていた。

たまたま甲板にいた乗員や実験作業員がそれを阻止しようとしたが、彼らは一瞬で首を刎《は》ねられ、甲板は血の海となった。レーザー光線砲で殲滅《せんめつ》しようにも、安全装置のため甲板には照準をつけられない。

対艦ミサイルや攻撃機などから試験艦を防衛するCIWS（Close in Weapon System：近接防御火器システム）やミサイルも、甲板の上の戦闘では全く役に立たない。

そうした中で第一分隊に属していない海士が、海賊船除けのブローニングM2重機関銃に取り付き、それをチューバーの群れに撃ち込んだ。開発されて一〇〇年以上になる兵器だが、それだけに信頼性も威力も高く、いまも現役だった。

鉄パイプのカゴのように密集して舷側から甲板に塊で移動しているチューバーは、重機関銃弾を受けると派手に破片が飛び散った。海士は勢いづいて銃撃を続けたが、銃弾がそこで切れてしまった。弾薬ケース内には即応できる分の銃弾しか入っていなかった。

反射的に銃撃を行なっただけに、弾薬係もおらず、しかも弾薬箱は外から運んでこなければならない。第一分隊の将兵も前進したかったが、M2重機関銃の銃撃のために、彼らもまた移動できなかったのだ。目の前で同僚の首が刎ねられてしまったためか、機関銃の海士は第一分隊の呼びかけに応じようとしない。

そうして銃弾が切れたタイミングで、第一分隊は海士と重機関銃を確保しようとした。

だが遅すぎた。

チューバーは密かに網のような構造を作りながら試験艦の船体に広がっていた。そして重機関銃の銃座から数体が躍り出てきた。そのまま海士の首を刎ね、刀のようになった腕を重機関銃に叩きつける。チューバーの腕も折れ曲がったが、重機関銃も破壊された。

ただ乗員たちも遊んではいない。チューバーが張り付いていない右舷側からM2重機関銃を取り外すと、左舷側に追加の弾薬箱ごと移動していた。

「はつゆき、何してる！」

第一分隊の陸戦隊員たちは、はつゆきからの増援を待っていたが、彼らは襲撃されているのが自分たちだけではないことを知った。はつゆきもまたチューバーに襲撃されていた。

ステルス性を極限まで追求した護衛艦はつゆきは艦尾の飛行甲板くらいしか露出していなかったが、チューバーは互いの手足を結合して網のように護衛艦を包み込んでいた。

艦尾飛行甲板にもチューバーは乗り込もうとしていたが、そこではつゆきの乗員たちが反撃を試みているようだった。ただし聞こえるのは短機関銃の音で、M2重機関銃ではなかった。

はつゆきの戦闘は、チューバーが艦内に侵入できないことで膠着《こうちゃく》状態に思えた。だが網のように護衛艦を包み込んだ仲間を足場にして、別の一群が外壁に張り付き、その船体壁を貫通することに成功した。

鉄パイプのような細長い形状である。少しの穿孔《せんこう》に成功すれば、そこから艦内に侵入するのは容易だった。

「あちらが本命なのか？」

甲板上でチューバーと戦っている第一分隊の将兵には意外だった。レーザー攻撃を行なった試験艦こそ攻撃目標と思っていたのに、自分たちへの攻撃は助攻であり、主攻はなぜかはつゆきだったのだ。

ステルス艦のはつゆき艦内で何が起きているか試験艦からはまるでわからなかった。かちつのIDSP経由ではつゆきの情報を得ようとしても繋がらない。アクセス権限の問題ではなく、はつゆきはIDSPのシステムから切り離されているのだ。

はつゆきは速力を低下させながらも、前進している。艦内では必死に反撃しているのか、左右両舷のハッチが開き、爆雷が投下された。爆雷の信管調定は、かなり浅い深度で行われているようで、はつゆきの船体は左右両舷に立ち上る水柱に挟まれる。

水柱には水中で破壊されたチューバーらしい破片がいくつも確認できた。さらに崩れた水柱の水圧が、船体を包んでいたチューバーを洗い流す。それでも流されたのは半数ほどで、もう半数はしっかりと結合していた。

チューバーの意図した行為なのか偶然かはわからなかったが、はつゆきは網のようにチューバーに覆われたために、電磁波が遮断されているらしい。

それでも第一分隊と艦内から支援する将兵の働きで、からつは艦内へのチューバーの侵入を阻止することに成功していた。右舷から運んできたM2重機関銃も位置を頻繁に移動することで、先ほどのように機銃手が殺されるようなことはなかった。

しかし、楽観的な状況は一瞬で消えた。ダメージコントロールAIが艦内スピーカーで音声警報を発した。

「第三及び第四蓄電池室より出火！　第三及び第四蓄電池室より出火！」

「艦長、本艦のレーザー光線砲で、はつゆきを砲撃できないか？」

モニターに表示された僚艦であるはつゆきの姿に、赤目司令は服部艦長に尋ねる。はつゆきを外から救えるとしたら試験艦からつだけだが、本艦の兵装といえば防御火器のCIWSやRAMミサイル程度である。M2重機関銃など問題外だ。そうなればレーザー光線砲しかない。

「無理です、火器管制システムが対応していません。そもそもはつゆきはステルス艦なのでレーダー射撃は困難です。光学照準はブラックナイトを想定していたので、はつゆきは近すぎます」

「システムを切って手動ではできないのか？」

「司令、数キロ先のはつゆきに命中させずに、幅数センチのチューバーに人力でレーザー光線を当てられますか？　船体をいたずらに切断するだけです」

赤目司令も艦長からそう言われると、返す言葉もない。その間にはつゆきは爆雷を投下し、周辺海域のチューバーを破壊しようとしていた。

近距離での爆雷の破裂による衝撃波は、試験艦からつの船底も震わせ、赤目司令も足元から頭まで突き抜けた感触を覚えた。それはチューバーの集団にも大打撃を与えたように思えたが、はつゆき内部の動きは依然としてわからない。

「第三及び第四蓄電池室より出火！　第三及び第四蓄電池室より出火！」

ダメージコントロールＡＩが警報を発したのはその時だった。服部艦長が詳細情報を求めると、装備品の情報端末に表示される。蓄電池室の海士と海曹が出血多量で死亡し、セルが物理的な破壊によりショートし、それが理由で発火したという。そのデータは赤目も共有できた。

さらに現場のカメラ映像に切り替えると、第三蓄電池室のカメラは使用不能、第四は舷側に穴が開いており、海水が流入する中で、何体かのチューバーが水圧に流される情景が見えた。その中で蓄電池が炎上している。

「まずい、チューバーが蓄電池を破壊している。エネルギーはまだ残ってるんだぞ！」

そして艦内は真っ暗になった。独立電源の非常灯だけが生きているが、他はＡＩさえも沈黙している。さらに艦内は人間の怒声以外の音がない。機関部もまた停止してしまった。

「艦長、非常電源はどうなった！　応急給電ケーブルがあるだろ！」

赤目司令は努めて冷静になろうとするものの、現実にはそんなことは無理だった。司令も自分の態度で、乗員たちの行動も変わるとわかっているが、できないことはできないのだ。服部艦長も同じだった。

「ＡＩです。ＡＩがシステムを破壊してしまったんです」

「どういう意味だ？　応急給電ケーブルもダメだというのか？」

「先ほどの戦闘で、ＡＩが任務遂行を優先して本艦の電力系統を組み替えてしまいました。

艦内の電力網は、その組み替えられた状態のままです。だから蓄電池で火災が生じるようなトラブルが、本来なら独立しているはずの機関部の電力網を使用不能にしたんです。応急給電ケーブルも例外ではありません」

「そんなことが……」

　赤目は近くにいた兵器長の顔を見るが、どうやら彼の分析も艦長と同じらしい。

「司令、提案があります」

　兵器長が思い詰めた表情で言う。

「からつがどうなるかわかりませんが、情報は司令部に送らねばなりません。本艦にはドローンがあります。ＩＤＳＰと連携できて独立電源で機能します。艦内情報も、電力が落ちるまではＩＤＳＰで共有されているはずです。ここから先のことを記録させるために、ドローンを射出しましょう」

「だが、システムの制御が……」

「射出だけなら手動で可能です。ドローンのコンソールで直接制御するだけです」

　服部艦長も兵器長の提案に同意しているらしい。あとは赤目の決断だけだ。

「よろしい、許可する」

　それと同時に制御室の乗員たちは短機関銃を持って、集団で艦尾にある格納庫に向かった。制御室から通路を移動し、格納庫の下まで出る。一部の乗員たちは、通路に収納してあったダメージコントロールに用いる角材でバリケードを築いた。

艦長は制御室を出る時に艦内無線機を持参し、それで先任伍長らと連絡をとっている。赤目を格納庫まで誘導し、主な乗員もそれに従うのは、炎上する試験艦からつはもう救えないと服部艦長が判断しているためだった。そのため先任伍長にも乗員の脱出準備を命じていた。

「救えないのか？」

赤目の問いに服部は答える。

「いまのからつは蓄電池の塊です。それが意図的な破壊を受け、火災が生じたなら、三〇人の乗員では消火は不可能です。もっと安全な蓄電池はありましたが、今回の任務では安全性より容量が優先されたんです。

いまは艦を捨てても、貴重な経験を積んだ乗員と試験員の生還を優先させるべきです。司令も含めて。すでに数名の犠牲者が出ているんです。これ以上の犠牲者を出す余裕など自衛隊にはありませんよ」

その間も通路からラッタルを昇って格納庫に出た兵器長らは、手動でシャッターを開放し、発射台のドローンに官給品のスマホを介して命令を打ち込んでいた。

すでに試験艦全体が煙に覆われ、鎮火が不可能なのは明らかだった。

「発射！」

兵器長の命令で、火薬の燃焼する音とともに、全長五メートルほどの無人飛行機のドローンが打ち出される。それはプログラムに従い、からつとはつゆきの上空を旋回し、何が起きているかを記録し続ける。

そしてどこからか、爆発音がした。過熱した蓄電池が破裂したのだろう。刺激臭のあるガスが漂い出すと、服部艦長が艦内無線機で総員退艦を命じていた。

赤目もここから逃げることを躊躇《ためら》う余裕はなかった。チューバーが格納庫目指して進んできたからだ。

「司令は真っ先に飛び込んでください、先任伍長が内火艇を下ろしてます！」

司令とてこの場合には艦長の命令に従わねばならない。それでも舷側通路を前進してくるチューバーに、SIGの弾倉が空になるまで銃弾を叩き込み、戦果確認もしないまま、銃を捨てて海に飛び込む。

それを待っていたかのように、軽合金性の小型船が赤目を救助した。内火艇を指揮する先任伍長だった。

「艦長、すぐに退避してください！　はつゆきが突っ込んできます！」

先任伍長はハンドスピーカーで試験艦に向かって叫ぶ。すぐに十数人の乗員たちが海に飛び込み、別の内火艇が彼らを救助した。そうして試験艦からつを離れた時、右舷側からはつゆきが二〇ノット以上の速力で、漂うだけの試験艦に真横から衝突した。

この衝撃で炎上していた蓄電池群が一斉に爆発し、試験艦を四散させた。それだけのエネルギーがまだ残っていたのだ。はつゆきも艦首が切断する損傷を受け、二隻の艦艇は攻撃を仕掛けていたチューバーごとほぼ同時にモルディブ海に沈んだ。ただそれらの一部始終をからつから射出されたドローンが記録していた。

赤目は自分たちの上空を飛行するドローンを指差す。

「あのドローンは燃料切れで自爆か？」

「水産庁の漁業調査船が近海で活動しているので、それが回収するようです。海自の予算補助で水産庁が建造した奴です」

先任伍長が言う。

「我々もその調査船に救助されるのか？」

「いえ、イギリス海軍のフリゲートが来るという話です。内火艇の衛星インターネットで入手できる情報はその程度です。さすがにＩＤＳＰには繋がってませんから」

赤目司令はそこでようやく周囲を見渡す余裕ができた。チューバーは護衛艦ごと全滅したのか、内火艇を襲ってくるものは見当たらない。ただ「試験艦からつ」と書かれた内火艇三隻しか、周辺には見当たらない。

「はつゆきの内火艇はどこなんだ？」

はつゆきはからつと衝突する形になったが、明らかに操舵不能で衝突するのがわかっているなら、脱出する決断をするはずではないのか？　それとも脱出などできる状況ではなかったのか？

「作業艇は出せなかったようですね」

先任伍長は赤目の考えを察したらしい。

「はつゆきはステルス艦ですからね。作業艇は搭載してますが、艦内に収納されています。ハッチが開かねば、作業艇は出せません。最近の護衛艦はみんなそうですよ。からつだけが例外的な形状だったのが脱出には幸いした」

「作業艇が無くとも脱出は可能じゃないのか？」

それは言いがかりだと赤目にもわかっていた。艦内でチューバーと戦闘となれば、昔の軍艦のように海に飛び込んで逃げることもできない。

「探せば、どこかに漂流しているかもしれませんね」

しかし、それもまた意味のない話だった。制服のバイタルモニターが乗員たちの心拍数などを読み取っている。上空を飛行するドローンも、海上に転落した乗員の救助を想定してデータの探知能力は備えている。

ドローンが何事もないように自分たちの上空を飛んでいるということは、漂流している生存者の信号をキャッチできていないことを意味した。

そうして三隻の内火艇は互いに至近距離に集まっていた。すでに上空のドローンは水産庁の調査船に向かっているようだ。

「調査船より、イギリスのフリゲートの方が近いのか？」

「そういう話でしたが」

赤目の質問に先任伍長もあまり自信があるようには見えなかった。ただ距離は遠くとも、調査船よりフリゲートの方が高速なら、先に到着するのはフリゲートだろう。

やがてイギリス海軍のフリゲートは突然現れた。正確には迷彩が巧みなので、至近距離まで接近していることがわからなかったのだ。

そうして試験艦からつの乗員たちは救助され、内火艇も回収された。服部艦長の生存もここで確認できた。フリゲートの艦長は、赤目司令を慰めようとしたのか、こう伝えた。

「ブラックナイトの完全破壊が確認されたそうです」

5　信じられない人

二〇三X年五月一八日・オシリス

オシリス内の一日は、内部の空間の明るさで判断していた。時計を見る限り、明暗サイクルは二四時間で、地球の一日を再現しているらしい。武山隆二は相川麻里と生活し、宮本未生と山岡宗明はそれぞれ別々の洞窟で生活していた。

四人で共同生活したり、三人と一人、二人の組み合わせを変えることでオビックを混乱させるという案は、早々に頓挫した。というより、実際に行う意味が無いような気がしたからだ。

特に相川・宮本、武山・山岡の組み合わせは、馬が合わないというか、一緒にいるだけで苦痛を覚えるほどだった。だからすぐに現在の形に落ち着いた。

どちらかといえば、武山と相川の二人が密接に暮らす中、宮本と山岡が孤立して過ごしていることが多かった。そんな中で事件は起きた。

「ちょっと、みんな来て！」

地下通路で朝の散歩をしていたはずの宮本が、予定よりも早く戻り、他の三人を呼んだ。誰か男性らしい人に肩を貸している。

「卓二！　どうしたのよ！」

そう叫んで飛び出したのは麻里だった。武山も水筒の水を持ってきて、その男に飲ませる。それは確かに矢野卓二だった。

婚約者だった麻里はともかく、武山には卓二の存在をどう解釈すべきかわからなかった。彼の記憶が確かなら、卓二は宇宙船に乗ってはいたが、あの昆虫のような小さな機械に喰われていたはずだ。目の前の彼の状態は酷かった。服はボロボロで、汚れている。悪臭はしないが、どうも服の様子からオビックに消毒薬か洗剤をかけられた可能性が窺えた。ただ生死を問わなければ、宇宙船でオシリスに運ばれたのは確かだから、ここで再会することは不思議ではない。

しかし、記憶の違いに当惑していたのは麻里も同じだった。

「卓二、あなたって、私がチューバーに襲われた時、自分だけ自動車で逃げたわよね？」

水を飲んで意識を取り戻したらしい卓二は、力なく首を振る。

「チューバーって何だ？　麻里」

「あの、俺たちを襲ってきた鉄パイプみたいなロボットだよ」

武山が教える。雑な説明なのは、卓二の記憶を確認したいからでもある。

「麻里の持ってるホテルにいた奴か。俺は素手じゃ勝てないから、車で轢《ひ》いてやろうと思ったんだよ。だけど、そのチューバーか、そいつが乗り込んできて俺は走ってる車から追い出された。車がどうなったかはわからん。気がついたら宇宙船の中だった」

ここまでのやり取りを聞いていた宮本が、山岡に確認する。

「ねぇ、山岡さん。相川さんたちの乗っていた自動車が谷底に落ちて、首のない遺体が車内から見つかったのよね？　それ間違いないの？」

「さぁ、自分は直接目撃したわけではなく、警察の報告を上官から聞いただけですので……」

山岡の話は、今度もいまひとつはっきりしない。

「卓二、お前、俺と宇宙船で会ったか？」

「あぁ、俺が昆虫みたいな得体の知れない機械に喰われている時にな。お前は逃げちまったけど。

だけど、あれで助かったみたいだ。どういう原理か知らないが、傷口を縫合したり、出血を止めてくれたようだ。だからこうして生きている」

卓二の証言は、宇宙船での出来事に関しては武山の記憶と合致した。もっとも武山と麻里の記憶は一致していない。

武山はオビックの宇宙船内で重傷の麻里と遭遇し、彼女を看取ったが、麻里にはそもそも武山と遭遇した記憶がなかった。

卓二の証言が正しいなら、重傷の麻里もあの昆虫のような機械が治療したことで生きていることの説明がつく。麻里の記憶がそこだけ抜けているのは、治療の副作用と解釈できなくもない。

ただ武山の仮説も、半分は願望が混ざっているようなもので、現実に何があったのかは、三人の証言の共通部分から再構築するよりない。そして彼が一番恐れているのは、自分の記憶さえ、この状況では信用できないということだった。

「それより矢野さんは、武山さんや相川さんと同じ日にオシリス……この小惑星に運ばれたのに、いままで一人でどうやって生きていらしたんですか？」

宮本の疑問はもっともだった。武山と麻里は壁に文字を刻むという形で相互連絡も取れたのだ。しかし、卓二だけはそうしたメッセージのやり取りに参加していない。

「小惑星？　ここは月じゃないのか？　重力が小さいから、ずっと月だと思ってた。俺がどう生きてきたかより、お前らは何をしていたんだ？　おかしいじゃないか！」

武山には、卓二の怒りが何かの恐怖から来ているのがわかった。それは麻里も同様だったらしい。彼女はいきなり卓二に抱きついた。

「私たちもここで一人で生きてきたの。だけど幾つかの偶然のおかげで、まず私と隆二が出会った。そこにさらに二人増えて、いまやっと四人、いや卓二を含めて五人になった」

婚約者の女性にそう言われて、卓二もやっと落ち着いたらしい。彼はここまでの出来事を話し始めた。

「宇宙船にどうやって乗せられたのか、それはよく覚えていない。船内の出来事も正直、わからない。気がついたら操縦席みたいなところにいて、隆二が現れて、なぜか隆二が逃げたので、追いかけようとした。

でも、歩けなかったから宇宙船の中に戻った。そうしたら宇宙船が動き出して、格納庫みたいな場所に運ばれた。ただその時は、俺は立つこともできなかったから、そのまま横になっていた。起き上がって外に出たら、格納庫みたいな場所だったということだ」

「他に宇宙船でもあったのか？」

武山がそれを尋ねたのは、卓二はそうした機械類に詳しくないという前提知識があったためだ。宇宙船が「大きな洞窟の中にあった」のではなく「格納庫の中にあった」と彼が判断した根拠が知りたかったのだ。

「宇宙船の形をしていたのは俺たちを運んだ奴だけだ。だけど体育館ほどの空間に、他に一つ、鉄パイプの山みたいなものがあって、その中で、何かよくわからない機械が動いていて、だんだん宇宙船のような形になっていった。

で、俺たちを運んだはずの宇宙船は、鉄パイプみたいなもので覆われて、何か内部で組み直されているみたいだった。

俺たちを襲ってきたパイプみたいなロボットがあっただろ。あれが完成形と思ってたが違うんだ。長さの異なるパイプが幾つも組み合わさって、宇宙船や他の機械を作ってる感じだ」

「芋虫が蛹《さなぎ》になって、蝶として羽化するような感じ？」

麻里の表現に卓二は目を輝かせて同意する。

「そんな感じ！　整備というより生まれ変わってる感じだった。そういうのって格納庫というか工場でもあるような」

「つまり、矢野さんは、他の人が地下通路に入った時に、動ける状態ではなかったから、そのまま宇宙船と一緒に格納庫に運ばれてしまったということ？」

宮本はそうまとめたが、矢野は別の視点で解釈していた。

「俺は動けなかったからだけど、何でみんなは地下道を進んだんだ。未知の状況なんだから、宇宙船に残っていた方が安全じゃないか？」

矢野は高校時代から、何か問題を解決しようとするときに、武山とはかなり違ったロジックを立てる男だった。それは今回も健在か。

正直、武山はこの矢野卓二が本物なのかどうか、いまひとつ自信がなかった。状況があまりにも不自然すぎる。

しかし、話してみると、やはりこの男は矢野卓二としか思えない。麻里と再会したときもそうだったが、廃ホテルからオシリスに到着するまでの記憶には三人ともかなり食い違いがある。特に自分以外の二人は殺されていたと記憶していた。

極限状態だったから強いストレスで記憶が混乱しているというのが、いまのところ納得できる説明だ。しかし、武山にとって不安なのは、三人の証言の食い違いとは、とりもなおさず自分の記憶も信用できないということだ。

「未知の宇宙船なのよ、そのまま宇宙の果てまで飛んでいくかもしれないものに残ってる方がおかしくない？」

麻里がそう言うと「そうだな」と納得するところは、やはり矢野卓二だ。

「それで格納庫はどうだったのよ？」

麻里に促されて卓二は続けた。

「宇宙船は鉄パイプの集合体みたいになったんだけど、そのうちの一部が廃ホテルで俺たちを襲ってきたロボットになったんだ。それでともかくそこから逃げた。逃げると言っても、通路は一つしかなかった。格納庫に通じている地下道は一つだけだった。だからそこを進んだ。壁はここと同じで光があるから、前進は苦ではなかった。だけど、すぐに自分がどこにいるのかがわからなくなった。もう一度、格納庫に戻ろうとしたけど、幾ら行っても辿り着けなかった。それどころか、通路は途中で二股に分かれていた。

そうしたら、片方で何かが動いているような音がした。だからそちらに向かったんだ。するとしばらくして広い空間に出た。そこは五つの地下通路の交差する場所だった。

いきなり鉄パイプみたいなロボットの集団がそこを通過したけど、俺には目もくれなかった。俺の存在がわかっていないみたいだった」

卓二の話を信じるなら、どうやら彼だけが宇宙船とともに格納庫に移動したために、武山らの居住施設の外で生活することを余儀なくされたということのようだった。卓二は続ける。

「迷路のような地下通路を移動し続けて、住処《すみか》に使える洞窟を見つけた。それでも水も食料もない。空気があるのが奇跡だった。よく考えたら、ロボットに空気なんかいらないじゃないか。

空気があるってことは、俺を生かしてくれるということだろ。そう思ったら少し気分が明るくなった。洞窟を中心に色々と調べたんだ。食い物はないとしても、空気が湿っているからには、何か水はあるんじゃないかって。

それで確かにあった。水というか、味噌汁の出汁《だし》ってあるだろ。そんな液体がプールのように満たされた場所に出た。飲んでみたよ。毒かもしれないが、飲まなければ確実に死ぬわけだから」

「で、賭けに勝ったのね？」

麻里の言葉を卓二は肯定する。

「本当に、昆布だしのような液体だった。味もそっくりだった。それだけ飲んでしばらくは生きていけた。時々、ロボットにも遭遇したが、奴らには俺のことがまったくわからないか、興味がないようだった」

「もしかして、卓二の飲んでいた出汁が、私たちの食料の原材料じゃないかしら？　ロボットにそんなものなんていらないから」

麻里の説はもっともと武山も思ったが、そう言い切ることはできなかった。オビックもオシリスの中にいて、彼らが生物なら食事が必要と思うからだ。とはいえ、現状では結論は出せない。

「それはわからないけどさ。ただロボットたちは俺には何の関心も持っていなかった。立ち塞がると避けて通るから見えてはいると思う。

で、ある時、そのプールからバケツのようなもので出汁を運んでいたロボットがあった。それで俺はそのロボットの後をつけたんだ。すると通路を塞ぐように機械が置かれていて、五台ほどのロボットが作業をしていた。出汁を運んでいたロボットは奥に行ったので何をしたのかわからなかったが、機械からパン生地みたいなものが出てきたんだ。

一台のロボットが金属製のテーブルの上に、ペットボトルほどの大きさにちぎったそれを並べていた。それで端の方を恐る恐る味見してみたんだ。食べられたよ、食料だった」

卓二の話を信じるなら、オシリス内部にはオビックのための基地施設があり、その中に武山らが暮らしている地下居住区があるという構造のようだ。そして卓二だけが地下居住区ではなく、その外側の設備の中を彷徨《さまよ》うことになったらしい。

「とりあえず住処に戻って食べてみた。味はないし、パン生地みたいで歯応えもなかったが、出汁ばかり飲んでいたから久々に空腹がおさまった。それから毎日、その食糧工場にパン生地を取りにいった。

ただパン生地の製造は常に行われているわけじゃなくて、決まった時間だけのようだ。時計もスマホもないから時間は計測できなかったが、たぶん一日一回だと思う」

武山はチューバーたちが動かしていた食糧製造機についても尋ねたが、ほとんど意味のある情報は得られなかった。卓二はそうした製造装置に明るいわけではないのと、彼の話を信じるなら、形状が頻繁に変化していたためらしい。卓二にわかる範囲では、機械音のする大きなタンクがあるだけだった。彼の証言からオビックの機械技術を推測するのは無理だった。

「筆記用具も何もない状態だったから、日にちもわからなければ自分の居場所もわからない。

ロボットは敵意を向けてこないが、それだっていつまで続くかわからない。ただ奴らには俺の存在はわかっていたと思う。着たきりすずめで一週間くらいした時、バケツを持ったロボットがいきなり俺に液体をぶちまけてきた。洗剤か消毒薬かわからないが、垢《あか》の類だけ綺麗になった気はした。汚い手で出汁やパン生地に触るなって意味かもしれん」

武山は卓二の話を聞きながら、自分の幸運を思った。卓二はいままでずっとオビックのロボットの中で一人で生きていた。その点では麻里と比較的早く再会できた自分は、他人と触れられたという、それだけのことでも卓二よりも恵まれた環境に身を置けたのだ。

「それでもしばらくは、そうやって生きていくことはできた。ところがある時からそれが変わった。記録がとれないからいつからかははっきり言えない。たぶんここにきて半月くらいの頃だと思う。

　ロボットたちがパン生地を渡してくれなくなった」

「渡してくれなくなったって？」

　武山は尋ねる。本当に食糧供給が止められたのならば、卓二はこうしてここにいないはずだからだ。

「チューバーと君らが言っている人型ロボットだが、連中のロボットはそれだけじゃない。あるとき、パン生地を取りに行ったら、機械の手前に犬がいた。鉄パイプを繋いだ犬くらいの大きさの四足歩行のロボットが二台いたんだ。胴体となるパイプに四本のパイプが繋がっていて、さらに胴体の両端に頭と尻尾に相当するパイプが繋がっているんだ。

　幸いにも犬は二体だけで、それ以上は増えなかったし、犬がいるときはチューバーはいなかった。

　だから食べ物を手に入れるために、犬と戦う日々が続いた」

　高校時代なら笑ったかもしれないが、さすがにいまの武山には笑えない。犬の配置は好意的な対応とは言い難いからだ。

「それで、どうしたの？　諦めるようなあなたじゃないよね」

麻里の卓二への信頼のほどはわかったが、彼女の信頼が卓二には負担になるのではないかとも武山は思った。だがそれを口にする前に卓二に先を促す。

「諦めはしないさ。犬たちに近づいたり逃げたりしているうちに行動パターンが見えてきた。

最初はスピードで勝とうと思った。しかし、奴らは迅速だ。その代わりゆっくり接近すると奴らは反応しなかった」

卓二は機械系には弱いと思っていたが、その観察力には武山も驚いた。

「パターンを見つけてから侵入ルートも確立したけど、パン生地を手に入れるため、一〇メートル進むのに三時間くらいかけてゆっくり移動する必要があった」

武山をはじめ、宮本も何も言わない。

「それって、卓二にパンを取らせまいとしたというよりも、試験みたいなものじゃないの？　知能試験みたいな」

麻里の知能試験という表現は直接的すぎると思ったが、人間のモデルを構築するための試験というのはあり得ると武山は感じた。ただ、そうだとして卓二と自分たちで対応が違う理由はわからない。

「知能試験とは思えないな。犬の反応に進歩はなかったからな。単純に番犬だったと思う。何というかオビックは俺を脅威と思っていないが、友人とも思っていない。パン生地一つを奪われる程度の損失なら、番犬を用意する以上の手間はかけないって印象だった。だから俺もそれ以上はオビックを刺激しないようにした。何しろいきなり刀で斬りつけてくるような連中だからな」

刀で斬りつけてくる、の一言にその場の空気は変わった。宮本以外はチューバーが刀で斬りつけてくる光景を目《ま》の当たりにしているからだ。山岡に至っては自分が殺されかけた記憶さえ持っているのだ。さらに武山、卓二、麻里は互いに友人が殺される現場を見たという記憶がある。

「そう、それで実はあちこちを探検している中で、変なものを目撃したんだ」

「変なものって？」

麻里の問いに卓二は言う。

「たぶん隆二の方が詳しいと思うんだけどな、最初に見たのよりひと回り小さな格納庫があってな、そこに直径で四メートルくらい、長さは、そう六メートルはあるかな、金属製の円筒があった。表面にＮＡＳＡとかＪＡＸＡとかＩＡＰＯとかデカデカと描かれた、まるで人間が作ったような機械だ。

そんなのが、その空間に置かれていた。正確に言えば地面から生えていた、かな」

「生えてるってのはどういう意味だ？」

武山が最初に思ったのは、あの昆虫のような砂のような微細な機械群が宇宙船を作り上げる光景だ。それを確認したかったのだ。

「生えてるってのは、キノコみたいに地面から宇宙船が生えているってことだよ」

「ちょっと待って、そのIAPOって描かれていた円筒って、私がここまで乗ってきた居住モジュールだと思う。オシリスに搦《から》め捕られた時、居住モジュールの放熱板が地面と融合していたの。つまりオシリスの一部にされたってこと」

宮本は地面に居住モジュールの図を描いた。

「こんな形じゃない？」

「あぁ、そうそう、こんな形だった。じゃぁ、あれはあんたが乗ってきたのか？」

この証言は重要だと武山は思った。まったく面識のない宮本と卓二の証言がここで一致したためだ。つまり関係者の記憶に曖昧な部分がある状況で、やっと信頼できる事実が確認できたことになる。

「居住モジュールの中には入ったの？」

「入ろうとはしたさ。最初は正面のハッチみたいなところを開けようとしたが、全然動か

ない。ここは重力が低いから、踏ん張りが利かないんだよな。

で、上の方にもハッチがあるみたいだから、そこから入ろうとしたけど、センサーエラ
ーの表示が出るだけで、開かなかった」

武山は宮本の反応を見る。卓二が見たことの信頼性は、彼女にしか判断できないからだ。

「そのセンサーエラーって番号は付いてなかった？」

宮本は居住モジュールに対して、強い反応を見せた。

「番号……あぁ、013という数字が頭にあったかな」

「嘘じゃないみたいね」

宮本はそれで納得したようだが、卓二は違った。

「どういう意味なんだよ。013って」

「居住モジュールは宇宙空間で使うもの。だから外部は真空でなければおかしい。なのに
外が一気圧ならきっとセンサーがおかしいはず。そういう意味よ」

そして宮本は全員に向き合う。

「矢野さんの話は信用できると思う。私が居住モジュールを封鎖した時、エアロックのハ
ッチは013　センサーエラーを表示していた。

でも重要なのは、そこじゃない。私は居住モジュールの放熱板がオシリスに融合していた時、このまま吸収されてオビックの調査のために解体されると思っていた。だけど矢野さんの話では解体されてはいない。とりあえず機能している。これは……」

「すいません、宮本さん。卓二に話させて」

演説が長くなりそうと思ったのか、麻里は卓二に話を促す。

「ええと、それで居住モジュールには入れなかったので、洞窟をまた調査した。俺も記憶に曖昧なところはあったのだけど、隆二は宇宙船に乗っていたし、麻里はわからないが、あの状況なら一緒だと考える方が自然だと思った。

だから洞窟を探せば二人に再会できると思っていたんだ。そうしたら完全に道に迷った。というか、いまなら洞窟が組み替えられていることがわかるけど、その時はわからなかった。

ロボットたちが作っていた出汁もパン生地も手に入らない。ただ水だけは、すごい冷たい壁面があって、そこに氷が張り付いていたんで、それを剥がして飲み込んでた」

「そういえば、私も居住モジュールから離れて洞窟を調査していたときは、水も食料も手に入らなかったわ」

宮本は何か言いたそうだったが、麻里の視線を感じてか、そこで話を止める。

「時間経過も何もわからない。時計もどこかでなくしたみたいだ。ロボット犬と闘っていた時かもしれない。

ともかく、空腹に悩みながら洞窟を彷徨っていたら、隆二と麻里の書き込みを見つけたんだ。お前が、文化祭の後で麻里に告白していたなんて初めて知ったよ」

「言ってなかったの？」

「なんで言うのよ、そんなこと」

麻里は武山にピシャリと言う。

「それで、お前たちと同じ、あの場所で待っていた。でも、洞窟は全然変わらなくて、水を飲みに行っている間に組み替えが起きたら目もあてられない。二日待って気を失っていたら、そこの宮本さんに助けられたというわけだ」

武山は卓二の話を聞きながら、ふと違和感を覚えた。宮本と異なり、山岡の反応がほとんどないことだ。彼は卓二の話を聞いているだけで、特に疑問も関心も示していない。

その違和感は麻里も同じだったのだろう、彼女は山岡に直《じか》に尋ねた。

「山岡さんは、いまの話に何も思わないの？」

「何って、別に何とも」

山岡はそう言ったが、武山には彼が特に感想を持たなかったというよりも、そもそも矢野の話が理解できていないような印象を受けていた。極度のストレスに曝《さら》された中で、オシリスまで運ばれてきたのだ。何らかの心的外傷を受けていたとしても仕方がない。

　それよりも矢野の話にはっきりと興味を示していたのは宮本だった。

「いまの矢野さんの話を信じるなら、私の経験とも合わせて、居住モジュールや宇宙船の格納庫のあるエリアと、我々が住んでいる居住区画は、地下道の組み合わせによっては移動できることになる。いま両者は閉ざされているけど、矢野さんが私たちに合流したということは、なんらかの方法で移動可能なはず。

　もしも居住モジュールにたどり着くことができたなら、地球に連絡を入れることが可能になる。あの中には強力なコンピュータも通信システムもある。地球と連絡がつけば、我々の生還確率はずっと高くなる。

　現在は我々がオシリス内部にいることさえ、地球の人は知らないのよ。それを知らせるだけでもまったく話が違ってくる」

　しかし、その意見に異を唱えたのは、意外にも麻里だった。

「そううまく行くとは思えないわね。ここにいるのは五人。その五人を救うためにオビック相手に人類が戦うとは思えない。そもそも我々が通信を送ったとして、それを信じてくれるかどうか疑問」

「そうであったとしても、地球にオシリス内部の情報を提供する意味は大きいと私は思います」

宮本はそこを強調する。しかし武山は、麻里に「何もしない」という選択肢がないことも長年の付き合いでわかっていた。

「そうじゃなくてさ。隆二の意見が正しければ、オビックは私たちの行動を元に人間のモデルを構築しようとしている。人間に対する情報を可能な限り集めようとしているわけよ。だから卓二に対しても、犬をけしかける以上のことはしなかった。集団の人間と単独の人間の違いを見たかったのかもしれないとも考えられるわけ。

だったら、私たちが居住モジュールだっけ、それを使って地球と通信を行うことが、オビックにとっても利益になることを示すのが一番合理的でしょう？」

麻里の意見に宮本も何某《なにがし》かの抵抗はあったようだが、その合理性は理解できたようだ。

山岡は相変わらず反応らしい反応がない。

「具体的に何を為すかについては思いつかないけど、方針としては相川さんの意見が妥当だと思う。

しかし、あなたはどこでそういう考え方を学んだの？」

「学ばざるを得ないのよ。私はこれでも経営者だから。長期的な業界の動向を見て、戦略を立てて、現状を認識して、戦略と現状のギャップを埋める方向で、中期、短期の具体策を考えていく。そういう習慣がないと、少子化の日本で不動産業は続けられないわけ。あなたは司令官補佐として、目先の助言だけやってればいいんでしょうけど、私には決断するという責任がありますから」

相変わらず麻里は怒るときついなぁ、と思いながら武山はやり取りを見ていた。

「あのさぁ、麻里。僕らは結婚して、君は矢野の家に嫁いでくれるんだよね。いまの会社はどうするの？」

「えっ、聞いてないの？　矢野のおじさんもおばさんも、麻里ちゃんみたいなしっかり者が会社を継いでくれるから安心って言われてるんですけど。だからどっちも私が社長。何か異存でも？」

「ありません」

そして麻里は宣言した。

「会社のためにも、地球に戻るわよ！」

武山は思った。人間、希望は大切だ。

二〇三X年五月一八日・NIRC本部

オビック問題全般について、専門家集団として国連安全保障理事会と関係国政府に助言する立場の国連機関IAPOの、日本側の正式メンバーはNIRCであった。

IAPOは「調査」に関しては宇宙船の徴発も含む広範囲な権限が認められている一方で、それ以外の分野に対しては何の権限も与えられていなかった。

国連加盟国が具体的に国家主権の枠内で何かを行うという意思決定をする場合、IAPOにはそれに干渉する権利はなかった。

要するにIAPOは情報を提供するだけであり、その情報から具体的な行動を決めるのは各主権国家であり、行動に伴う利害調整、つまりは外交や内政についてIAPOは容喙《ようかい》しないし、その権利もない。

日本からの唯一の正式メンバーであるNIRCもまた、政府の意思決定に介入する権限は無かった。

権限の問題については理事長である的矢と日本政府とで、オビック問題に関する認識の違いもある。日本政府はIAPOがNIRCを介して政策に干渉してくることを恐れ、可能な限りNIRCを政治とは切り離そうとしていた。

一方、NIRCの的矢もまた政治現場から距離を置く方向で、理事たちと連絡をとりなから組織運営を行なっていた。

NIRCでは、オビックの意図にかかわらず、その活動によって大量破壊が起こり得るという認識で動いていた。これは単純にオビックの能力、特に彼らが扱える推定エネルギー量から割り出された。

不幸にも惨劇が起きた時に、国内政治が大混乱に陥ることは明らかである。こうした状況では東京が無傷だったとしても、首都機能が麻痺する可能性も考えねばならない。

だからこそ、政局から無関係な位置に情報機関を置いておく必要があるというのが的矢の考えだ。国内の混乱を収束させるためには、状況を客観的に掌握し、自律的に判断できる組織が不可欠であり、なおかつ海外との連絡も欠かせない。

そうした自己完結した情報機関はNIRCだけであり、自分たちが提供する情報と分析が政治的混乱を早期解決するという判断だ。

もっとも的矢自身はこれ以上の考察は意図して避けている部分があった。事態が極度に悪化した場合、秩序回復のための意思決定機関としての役割を、自分たちが引き受けねばならない可能性があるからだ。

とはいえ事態がそこまで切迫することがないように、政府機関に助言するのがNIRCの役割であることを思えば、自分たちが政府機関の代行めいたことを強いられるとしたら、それは失敗の結果なのだと。

そうした最悪の事態を想定した中で、的矢と理事会が積極的に行なっているのは、NIRCのメンバーとなり得る人材確保だった。

ただ国内での人材確保は競争が激しすぎるのと、小さなパイの奪い合いは生産的ではないというのが的矢の考えだ。それは大沼を理事に迎えてから確信に変わっていた。

そこで的矢は主に、海外で活躍している日本人や日系人を中心に呼びかけを行なった。彼の本音を言えば、使える人間なら国籍は問わないし、在外邦人だから信用できるというほど世の中は甘くない。ただ急を要する案件であり、在外邦人の方が人事面で政府から認められやすいという事情があった。

もう一つの思惑は、在外邦人を組織化して、海外拠点を用意するというものだ。NIRCのシステム群の抗堪性《こうたん》は強化された。だから日本本土に何かが起きてNIRCの理事会さえも機能しなくなった状況でも、NIRC海外拠点のネットワークが日本国内に分散したシステムを統合すれば、政府や行政機関の情報インフラを維持管理することが可能となる。

正直、そこまでする必要があるのかはわからない。杞憂《きゆう》に過ぎないかもしれないし、そこまでやっても混乱した社会で必要とされるレベルには至らないかもしれない。それでも的矢は可能な手はすべて打つべきだと信じていた。

「加瀬修造さん、JAXA職員から航空宇宙自衛隊の宇宙作戦群に特定任期付自衛官として採用され、いまはNASAの臨時職員としてIAPOに所属ですか」

この時も的矢は宇宙開発担当理事の大瀧賢一《おおたきけんいち》とともにリモートで面接を行なっていた。

「実績はNEXTAR（標準衛星バスシステム）を用いた金星探査衛星のプロジェクトマネージャーです。貴重な人材ですよ」

大瀧が補足する。加瀬を強く推薦しているのが彼だ。JAXAの大きなプロジェクトで一緒だったという。

二人ともNEXTARを使った科学探査衛星のプロジェクトに関わり、加瀬の人間業とは思えない軌道設計（二つの衛星を最初は一つに結合しておいて、地球と月を用いたフライバイのタイミングで分離し、テザーを介して運動量のやりとりをしながら、二つの衛星のそれぞれに加速と減速を行い、目的の惑星に飛ばしたという）のおかげでミッションが実現したことを大瀧は力説していた。

オシリス探査のための有人宇宙船打ち上げにおいて、NASAの管制室に加瀬の席があったのも、この軌道設計の美しさゆえであるという。それだけでなく個人としてIAPOのメンバーになったのも、理事長であるハンナ・モラビトが、IAPO内の選抜メンバーによる自分のチームに加えるための布石であると大瀧は指摘していた。

もっとも大瀧が加瀬を推薦するのは単に知人であるからではなかった。オビックについて政府からＮＩＲＣへの負荷がかかることは十分に予想された。しかし、ＮＩＲＣの宇宙部門を担当する理事は大瀧一人。さすがにこれではすぐに業務が滞《とどこお》るのは明らかで、最低でも宇宙担当理事を二人は増員する必要があるというのだ。

だから大瀧による加瀬の推薦とは将来的な理事増員への布石である。ただ国家機関であるため、一般職員やスタッフは的矢の人事権の範疇だったが、理事の増員となると定款《ていかん》の改正やら政府の承認など複雑な手続きが必要だった。

なので当面は大瀧のスタッフ増員という形となる。ただし暗黙の了解として、ほぼ執行役員的な仕事を担うこととなる。

「先に、私の要望を述べていいですか？」

加瀬はそう切り出した。的矢にはやや意外だった。待遇などについては大瀧との事前折衝で概《おおむ》ねまとまっていたためだ。給与や保障については執行役員相当、業務の中心はＮＩＲＣ北米支部の統括だ。

「要望とは？」

「大瀧さんから伺いましたが、ＩＡＰＯでは次世代宇宙船を早急に開発する必要があるとのこと。自分にその宇宙船開発プロジェクトを任せてほしい」

そんな話は大瀧も聞いていなかったのだろう、彼は口を開けて驚いていた。

「少し誤解があります。ＩＡＰＯ自体には宇宙船開発計画はありません。我々は国連や各国政府に対して次世代宇宙船の開発を提言できるだけです。もちろん設計に必要な各種の情報集約と提供はＩＡＰＯで行いますが、それにしても側面支援に過ぎません」

「それは存じております。私もＪＡＸＡからＮＡＳＡ出向のＩＡＰＯの人間ですから。私が言いたいのはこういうことです。我々には時間がなく、日本には経験が足りない。個々のコンポーネント技術は世界標準としても、システムに沿ってこそ意味を持つ。コンポーネントの寄せ集めがシステムではない。

日本はアメリカとともに次世代宇宙船を開発する以外の選択肢はない。日本独自の次世代宇宙船は不可能ではないとしても、実現には一〇年はかかる。我々にそんな時間はない。オビックに関わる事象は急激で、一年後、いや半年後でさえどうなるかもわからない。

しかし、人類は少なくとも一年後には次世代宇宙船を運用していなければならない。となれば、アメリカが構築したシステムにコンポーネントを提供する形が、日本にとって最短で次世代宇宙船を手にいれる唯一の道です」

加瀬の言い方はかなり挑発的にも思えたが、的矢にはむしろその積極性が好ましかった。

いま自分たちに必要なのは、こういう人間だ。だから的矢は少しこの男を試したくなった。

「加瀬さんの意見は然るべき合理性があると私も思いますが、どうでしょう、日本国内での反応は。日本は自前の宇宙船を開発できないからアメリカの計画に相乗りするというのは、現実的ですが、政府筋からの好意的な反応は得られそうにない。そこはむしろプロジェクトには逆風となるのでは？」

加瀬は的矢の指摘に動じる様子もない。

「そこは水の向け方ですよ。人は合理的にばかり動かない。少なからず感情が絡む。事実としてですね、私はJAXAよりNASAの方に顔が利く人間ですので、アメリカの次世代宇宙船開発のコア部分に日本人として関われる。だから、金星探査衛星を成功させたプロマネがアメリカの宇宙船開発を指導する！　IAPOの日本人宇宙飛行士の実現にも彼の人脈があった！　みたいなストーリーならどうです。

別に私が表に出る必要はないですけど、要するに日本人の協力なしにはアメリカは次世代宇宙船を開発できない。日本のアレとかコレとかの提供がなければ、宇宙船は飛ばない！　みたいな宣伝で皆さん納得してくれるんじゃないですか？」

「宣伝で政府の連中を納得させろと？」

「壊滅的に科学知識も工学センスもない連中なんですよ、説得なんか無理です、というか無駄。奴らは気持ちのいいストーリーが好きなんだから、こっちはそれを提供してやるだけのことです。

もちろん、それは倫理的にどうなんだとお考えになるかもしれませんが、そこはいかがです？」

的矢は、加瀬の言い方こそかなり毒が強いものの、この男の偽悪趣味の向こうに別の顔があるのがわかった。とはいえ、いまこの場では理事長として為すべき質問がある。

「倫理面に関して、疑念があるとは少なくとも言えるでしょうか」

「ごもっとも。宣伝のための宣伝なら、それはもう詐欺です。私の提案が詐欺ではない状況はただ一つ、日米共同開発の次世代宇宙船を成功させること。この一点につきます。

言い換えるなら、IAPOの最優先事項は次世代宇宙船の早期開発と実戦配備であり、それを実現させるためであることが明らかなら、つまり私利私欲を挟まないのであれば、倫理的に許されると考えます。

言っておきますが、私が先ほど提示した実例は嘘ではありません。すべて事実です、表現の偏《かたよ》りは認めますけどね」

「すべて事実ということですが、もっとも重要な点はどうです。加瀬さんはアメリカ次世代宇宙船の開発計画のコア部分に参加できるのですか？　そこが重要です。本当に参加できるなら、あなたを介して日本人スタッフの増員も可能となる」

「万が一、私が失脚しても、日本人は残りますからね」

この男、期待されている自分の役割を心得ている、と的矢は思った。すでに彼の中では、加瀬をいかに取り込むかに思考が向いていた。

「それで私がコア部分に関われるかとのご質問ですが、ＮＩＲＣに受け入れていただけるかどうかにかかわらず、すでにＩＡＰＯの人間なので、次世代宇宙船開発のワークショップのメンバーです。私がＪＡＸＡの低予算の中、苦肉の策で編み出した内惑星外惑星同時探査機投入技術は、日本じゃそれほどでもないですけど、こちらでは高く評価してくれているので」

「そうなんですか」

的矢はよくわからなかったが、大瀧は激しくうなずいていた。

「先日来訪したＩＡＰＯのハンナ・モラビト博士から食事に招かれました。ＮＩＲＣに入ったら的矢によろしくって言われました」

「本当か、ハンナとは二〇年来の友人だが、一度も食事に招かれたことなどなかったぞ」

「あぁ、私はハンナ博士がＭＩＴに在籍していた時の教え子の一人なんで。自宅のパーティにも行ったことがありますよ」

「わかりました、加瀬さんに異存がなければ、理事長権限で大瀧理事が提示した条件でＮＩＲＣにお迎えします。

それと同時に、次世代宇宙船開発の執行役員相当の権限を保証します。ただ事務処理に少し時間をください。日米間の共同開発の体制とか協定締結とか事務方の案件が山のように発生しますから」

「あぁ、それはこっちで雛形を作りますよ。生成型ＡＩでちゃっちゃと作ればいい。そういうのは得意ですから。ＪＡＸＡと日本政府がどうするかは、大瀧さん頑張って」

「嫌だよ。こっちはそちらほど事務処理にＡＩは使えないんだよ」

大瀧は本当に嫌そうな顔をした。

「まぁ、私も手伝うから。

そういえば的矢さん、あぁ、もう理事長と呼ぶべきか。大沼さんって理事がいらっしゃるんですか？」

「いるけど、どうしたの？」

「ＮＡＳＡの宇宙飛行士で元海軍大佐が、私がＮＩＲＣにスカウトされていると言ったら、博子によろしくって言われたんで。また一緒に仕事したいのだそうです」

的矢は思う。大沼理事が米海軍と一緒に仕事をするというのは、人類がかなりまずい状況に置かれた時だぞと。

二〇三X年五月一九日・ジョンソン宇宙センター

航空宇宙自衛隊からJAXAに戻り、JAXAからNASAに日本人宇宙飛行士打ち上げ支援のため出向した身分のまま、IAPOの一員になるという、当人にも帰属がわからないほどの流転を繰り返してきた加瀬修造だったが、ようやくNIRCの職員として、その身分関係などが明確になった。

とはいえすべての異動が急激で、かつ事前の調整が行われていないために、彼は現在、防衛省、JAXA、NASA、IAPO、さらにNIRCから給与の支給を受けていた。さすがにこれは二ヶ月後にはNIRCに一本化（IAPO職員の働きについては手当という形で支給）されることとなっていた。

しかし、加瀬にとって給与はさほど重要ではなかった。衣食住は提供されるわけだし、仕事が山積しているので金を使う暇がない。多額の給与をもらってももらわなくても、日常生活に違いはなかった。

彼がいま関わっているのは次世代宇宙船開発計画で、最終的に日米欧の共同開発になるとの予想の上で、彼と主にNASAのスタッフはIAPOへ提案するプロジェクトの草案を議論していた。

そしてIAPOの代表理事のハンナ・モラビトに対して、リモートにより次世代宇宙船「不滅号」についての自分たちの草案を提示していた。本来ならNIRCの的矢理事長なり理事会に報告するのが筋だろうが、加瀬は正式な辞令が届く前に、根回しを進めようとしていた。この積極性ゆえに彼には味方も多いが敵も多かった。

「修造、私も忙しいので、一〇分で説明して」

ハンナは加瀬に対して、画面に姿が映ると同時にそう宣言した。これで話が通じるくらい二人の間には信頼関係がある。この場合の「一〇分で説明して」とは「一〇分しか時間がない」の意味ではなく、加瀬なら一〇分あれば本質を伝えられるという信頼によるものだ。

「IAPOの次世代宇宙船の草案では、現在の世界で低軌道への打ち上げ能力が最も高いのがラプトルズ9ヘビータイプで、ブースター増強でも八〇トンしかないとありますが、これはブースターの改造で九〇トンまで底上げできます。理論値を言えば一〇〇トンも可能ですが、開発期間を考えれば妥協点は九〇トンです」

「続けて」

ハンナは明らかに関心を示した。

「IAPOの草案では八〇トン搭載可能のブースターを利用し、燃料を別としても現実的な数値として分割した宇宙船の場合、四分割で打ち上げるとしても最大で三二〇トンの宇宙船にとどまる」

「加瀬は、NIRCのメンバーになると聞いたけど、この草案、元はあなたのボスから提案されたものよ？」

「知ってます。あの提案をまとめるのに、僕も協力しましたから。ただそれから色々と考えまして、非常に単純な方法を見落としていたことに気がつきました。

僕らは盆と正月しか大型ロケットを打ち上げないような国にいるもんで、思考が偏っちゃうんですよね。

いまの世界標準で考えるなら、ラプトルズ9ヘビータイプは一〇基を同時に打ち上げられる。細かい打ち上げタイミングの調整は必要ですが、大型ロケットの打ち上げ施設を投入すれば、同時に二〇基の打ち上げが可能です。

すべてをラプトルズ9ヘビータイプにできなくとも、全体で平均すれば六〇から七〇トンは打ち上げられる。最大で一四〇〇トン」

「一つの宇宙船を二〇に分割するというの？」

「成功率九〇パーセントとして無事に軌道上に到達できるのは一八基と考えます。これにマージンを見込んで一四基だけを連結する設計とする。一〇〇〇トンクラスの宇宙船が完成したら、残された四つのモジュールは追加で結合すればいいし、あるいはその四つは独立したミッションに転用してもいい。宇宙ステーションなり予備パーツとして。

オビックの能力は不明ながら、地球全体で二〇基のロケット打ち上げに対応できるかどうか。オシリスだけでは完全な打ち上げ阻止は難しい。一〇〇〇トン宇宙船が成功する保証もありませんが、それでも何基かは必ず軌道上に到達できる。それらを結合すれば、我々は一歩前進できる」

「修造、私の解釈が間違っていないなら、あなたはオシリスに対してロケットブースターの飽和攻撃を仕掛け、彼らが阻止できなかったモジュールだけを結合し、次世代宇宙船を組み立てる。それは一〇〇〇トンかもしれないが、三〇〇トンクラスに留まるかもしれない」

加瀬は、ハンナが昔のままの聡明な科学者であることに安堵した。加瀬の提案は、表面的には大胆な計画に聞こえるが、実際はオビックの攻撃で多数が撃墜されるという前提のものであるからだ。

「そう解釈していただいて構いません。ただ犠牲は避けられないとし、オビックの資源がオシリスしか活用できないいま、我々の勝機は地球資源の物量の中にあります。

さらに仮に最初の軌道上で結合できたのが三〇〇トンとしても、それが存在することはオビックの行動に対して、掣肘《せいちゅう》を加えることになるでしょう。その状況で第二弾の飽和打ち上げを行えば、一〇〇〇トンクラス宇宙船は十分可能です」

「少なくない犠牲を代償にね」

ハンナはその点を指摘する。加瀬もその点は否定しない。

「犠牲を前提としているのは事実ですが、それを言えば、何もしないという選択肢でさえ、オビック相手では犠牲を伴うリスクがあります。我々のこうした行動はすべて無駄であるリスクさえ存在する」

加瀬の言葉にハンナはため息を吐《つ》く。そして加瀬に続きを促す。

「それでも次世代宇宙船を打ち上げるべきだというのは、それにより地球上の多くの人間が、人間としての価値観を維持しながら生きて行けるからです。次世代宇宙船開発計画は、我々人類の自由意志の行使です。

最悪、我々は絶滅するとしても、人間として最期を送ることができます。最悪の事態を回避できるなら、我々は常に人間であり続けられる。よしんば種としてのホモサピエンスは生き残ることができるとしても、理性を失った獣として一度でも社会の崩壊を許すなら、それは別の意味で人類の滅亡です」

ハンナは時計を見ていた。すでに約束の一〇分が過ぎようとしている。

「修造、あなたがいまも私の良き教え子なのを確認できた。我々の方も、いまの話を元に、次世代宇宙船の開発指針をＩＡＰＯとして修正します。我々は仕事の速さをモットーとしている」

「それに対応する準備はこちらもできてますよ、モラビト先生。あっ、一つ忘れてました。第一便の準備が整ったら、僕もメンバーに加えてください」

「死ぬかもしれないのに？」

「大事な仕事を他人に任せたくないだけです」

こうして人類の運命を決めた一〇分の会議は終わった。

6 HTV X8

二〇三X年五月二四日・筑波宇宙センター

航空宇宙自衛隊第四宇宙作戦隊観測班班長補佐だった長嶋和穂《ながしまかずほ》二等空尉は、筑波宇宙センターの第三管制室の観測班長として勤務していた。

第三管制室は独立した三階建ての小さなビルで、二階部分と三階部分を一つの空間にした場所だ。正面に大型モニターが三つ並び、班長用の端末が載った大型デスクの他に、一〇人ほどの職員が使える端末がある。これとは別に管制室の隅にはパーティションで区切られた椅子とテーブルがあり、コーヒーやクッキーなどで一息つける空間となっていた。

四月末で上司だった加瀬が異動し、さらに渡米したために、彼女も五月頭にJAXAに異動となり、これに伴い階級も二等空尉に昇進していたが、本人にしてみればありがた迷惑な昇進だった。特定任期付き制度で国立天文台から航空宇宙自衛隊に出向させられた身分であり、昇進することは古巣の国立天文台への帰還が遅れることを意味するからだ。

それでも職務に就いているのは、彼女の観測対象が謎の小惑星オシリスであり、オビックであったためだ。

「長嶋ぁ、デブリのデータでた！」

観測班員の天草志穂《あまくさしほ》がそう叫ぶと、長嶋班長のモニターに一連のグラフが現れる。不躾《ぶしつけ》なようにも思えるが、天草は高校時代の後輩で、部活も一緒だった。

これは運命的な出会いのようでいて、ある種の必然だった。高校の科学のカリキュラムから地学がほとんどなくなったために、地球物理や天文学を学びたい生徒は、進学すべき高校が限られてしまった。

一方で、地学や天文学が充実している高校は校舎内に天体観測用のドームが併設されるだけでなく、天文学の教諭が博士論文の準備をしているなど、極端に充実した環境ができていた。

だから本気で天文をやりたい人間は、数少ないそうした高校に進むしかなく、天文台やJAXAなど宇宙関連機関では、高校の先輩後輩というのは珍しくなかった。だから長嶋も天草も筑波での再会に驚きはなかった。

「砂粒から粉末レベルのデブリはほとんど減っておらず、それより大きなものだけが一掃されているのか」

中国の有人宇宙ステーション天宮は、有人宇宙船ＩＡＰＯ１の船長以外全員が殺害されたという発表から、宇宙飛行士を全員帰還させていた。このため軌道上のデブリのような地味な観測を行なっているのは日本だけだった。その中心となるのがＨＴＶＸ（宇宙ステーション補給機：H-3 Transfer Vehicle X: HTVX）の八号機だった。

「とはいえＨＴＶＸ８の軌道要素はほぼＩＳＳと同じなので、他の領域はわからない。ただ搭載のレーザーレーダーの観測データを信じると、いまの地球軌道上は稼働衛星を除けば、スプートニク打ち上げ以後、最高にクリアな空間になってる」

天草が情報を追加する。筑波宇宙センターの第三管制室というのは、基本的にＪＡＸＡの施設なのだが、必要に応じて航空宇宙自衛隊宇宙作戦群が活用できることになっていた。防衛省だけでは宇宙関連の施設も人材も足りないことによる苦肉の策だ。

このため第三管制室を活用する宇宙作戦群スタッフというのは、特定任期付き制度で防衛省に出向しているＪＡＸＡなり天文台なりの人材であった。とはいえ、日本国内の高度技術人材が払底状態では、自衛隊が他の研究機関から人材を確保したとしても、自衛隊内の施設に右から左と異動させるよりなかった。

そうした理想と現実の交点がこの第三管制室だった。現時点でここの責任者は長嶋二等空尉なのだが、他の人材はすべてJAXA職員の天草のスタッフだった。

ただ人材不足の根本原因は人口減少と教育費の高騰にあるものの、政官ともに政策の失敗を認めない結果、長年にわたって対症療法ばかりが続いていた。結果的に法的な裏付けがあるのは「空自の長嶋は第三管制室の管理者になることができる」という事実だけだった。

これ以外の具体的な命令系統や業務内容の細目は、現場の了解事項を既成事実として積み上げるような運用が続いていた。だから天草以下のスタッフは、「JAXAの就労時間外の副業」という扱いで、JAXA職員の給与とは別に、防衛省の契約社員として時給計算で対価が支払われていた。

こんな状況なので、第三管制室が航空宇宙自衛隊の管理下にあると言っても、およそこの空間に軍隊臭はなかった。長嶋二等空尉からして、自衛隊の規律など仕事の邪魔と無視しているのだから、そこは当然だった。

「残存する微細デブリが軌道上の衛星に与えるダメージについて誰かデータを出せる？」

長嶋が声を上げると、スタッフの高円寺《こうえんじ》が「いまシミュレートします」と即答する。幅一〇メートルほどの狭い管制室だが、声を上げるとすぐに反応があるこの空間が長嶋には心地よい。

ワーカホリック気味の長嶋が美星町《びせい》の観測所で働けたのも、班長の加瀬の存在が大きかった。第四宇宙作戦隊の中で、長嶋の言葉を理解して、適切な反応を即座に示してくれたのが彼だけだったからだ。

長嶋から見れば隊長の肥後橋《ひごばし》など凡庸な人物で、失敗しなかったから上に昇れたというタイプだ。ただ国立天文台から出向してわかったのは、世間では宇宙防衛が大事と言われているにもかかわらず、宇宙作戦群は空自の中では出世コースではないという現実だ。

基本、自衛隊はいまだにマッチョな人間が偉くなる組織であって、宇宙作戦群という組織は、幹部の人事という視点では「必ずしも優秀ではない幹部」のための部門だった。

じっさい長嶋と同様に特任で北海道大樹町の第五宇宙作戦隊に出向している知人の天文学者によると、そもそもこの部隊は空自でも左遷先の筆頭であり、問題のある幹部が送られてくるという。だから中堅どころは、隊長のお守《も》りに一名、隊長のやらかした失敗の復旧に一名、残りがこの二名の仕事を分担して処理しているという。

それから見れば肥後橋はしくじりがないだけずっとマシな人間だった。切れ者というなら今宮《いまみや》という定年再雇用らしい空曹がいた。宇宙作戦隊に関する専門知識なら明らかに隊長より上だった。

それでも方向性としては加瀬とは別のタイプの切れ者だった。ただ長嶋は本能的に今宮に危険な香りを感じていた。

その状況で加瀬だけが宇宙船打ち上げのために異動となり、言われたことだけをこなす人間たちの中で、長嶋は観測班長の役目をこなしていた。だから筑波宇宙センターへの異動は願ったり叶ったりの人事と言えた。美星の部隊がいまどうなってるかは知らないが、それは肥後橋が頭を悩ませればいい話だ。長嶋の知ったことではない。

「ざっとこんなものですかね」

高円寺が早速データを送ってきた。長嶋は天草と自然に目を合わせる。この打てば響くやり取りは、高校の天文部のあの空間そのものだ。

あの頃は熱かった。文化祭前は徹夜や泊まり込みも当たり前（いま考えると学校当局がよく許したと思う）、校舎のドームに設置された四五センチ望遠鏡を使って、継続的な人工衛星の観測（そのための Raspberry Pi と Arduino を使って制御システムまで自作した）を行い衛星の軌道要素を割り出した。そうした部活の白眉は、政府の情報収集衛星の軌道を特定し、その軌道変更の頻度から何を監視対象としているかを割り出すことだった。さらには一部の衛星が強烈な太陽フレアの放射以降、軌道変更がまったくなされていないことから、機能停止の可能性を指摘したのもあの頃だ。

文化祭でこの結果を発表したら、みごと大賞を勝ち取ったが、その日のうちに防衛省の偉い人がやってきて、展示は撤去された。考えてみたら、あの頃から自分と防衛省はしっくりいってなかったのだろう。

「このクラスのデブリなら、人工衛星に衝突しても、ほとんどダメージなしね。なら放置か。ここまで片付けるメリットはない。高円寺、このダイヤモンドとの衝突シミュレーションは何？」

「あっ、長嶋さん、それダイヤモンドというか、CNTつまりカーボンナノチューブです、軌道エレベーターの材料」

「あっ、そういうこと。高円寺、凄いじゃない！」

何気ないやり取りのようだが、長嶋は身体が震えるほど感動していた。人類がオビックの存在を知るきっかけとなったのは、地球周回軌道から大小様々なデブリが消えていった「軌道の晴れ上がり」現象のためだった。

オビックは何を意図してこのような現象を起こしたのかには諸説あったが、しかし、いま具体的なデータを根拠に説得力のある仮説が提示されたのだ。

「オビックは、軌道エレベーターを展開するのに邪魔なため、軌道上のデブリを一掃したのだ」と。

「あぁ、でも、そうだとすると長嶋ぁ、どうしてオビックは機能を停止した衛星だけを排除するの？　稼働衛星だって軌道エレベーターの邪魔になるし、天文学者の頭痛の種、衛星インターネット用の人工衛星群はどうなるの？」

天草の指摘ももっともだった。そもそもデブリとそれ以外の区別は、稼働衛星かそれ以外かという人間の都合による線引きであって、軌道上にある物体という点では物理的な違いはない。

「そこよね。そもそもどうしてISSは軌道を変えたのに、HTVX8は放置状態なのか？　何か基準があるはず」

ISS（国際宇宙ステーション）は老朽化により最後の滞在クルーが撤退後、最低限の機能を維持しているものの、大半のシステムが停止され、一部でのみ軌道上の無人実験室として細々と運用されていた。限られた無人の施設内に、自動化された実験装置が置かれ、通常は地上から制御されていた。状況によってはラプトルズ9による有人宇宙カプセルがISSにドッキングし、実験装置の生産物を回収したり、実験材料の補充を行うこともあった。それとて年に一回あるかどうかだ。

さらにISSの内部は温度管理のためと機器類の腐食を避けるために、ほぼ窒素だけの状態が維持されており、酸素ボンベを背負って作業する必要があった。したがって有人宇宙カプセルも三日以上滞在することは稀だった。

このような状況の中、ＩＳＳは「軌道の晴れ上がり」と遭遇した。中国の有人宇宙ステーション天宮こそ軌道は維持されたが、無人のＩＳＳはあれよあれよという間に高度六万五〇〇〇キロまで上昇し、オシリスと接触したことが観測されたが、それ以上のことはわかっていない。

これに対してＩＳＳの周辺で稼働していた宇宙機は、オビックの干渉をなぜか受けなかった。それが日本のＨＴＶＸ８であった。ＨＴＶＸとはＩＳＳに物資を補給するＨＴＶこうのとりの後継機であった。

これは単なる補給機というだけでなく、宇宙実験室を志向したものであった。ＨＴＶＸは１から８まで、ＩＳＳが有人運用されている間に打ち上げられていた。基本的に全長八メートル、直径四・四メートルの円筒形だが、それぞれの目的に応じて内部構造などが変えられていた。

そして最終となったＨＴＶＸ８は太陽電池パネルや放熱板を持ち、有人宇宙カプセルとドッキング可能なハッチを有していた。その意味するところはＩＳＳから分離したのちも、独立した宇宙機として活動できるということだった。

それは将来的な日本独自の宇宙ステーション建設への布石として解釈されていた。このためISSの有人運用停止と同時にHTVX8はステーションから分離し、別の大型衛星と同時に打ち上げた専用モジュールをドッキングし、無人宇宙ステーションとして整備されていた。

この専用モジュールは軌道変更を行うためのスラスターと燃料を搭載する他、ヒューマノイドを二体積み込んでいた。どちらも同じ形状で、無重力状態での使用を考慮し、脚部に相当する部分もロボットハンドとなっていた。つまり脚がない代わりに腕が四本あるようなものだ。

二体のうち一体はHTVX8の外側、一体は内部での実験作業などに用いられた。この宇宙ステーションには、小型ロケットにより実験材料などが補給されていた。いまHTVX8が軌道上からオシリスの観測を行えるのも、これらロボットのおかげであった。

「稼働している衛星のリストってある？」

長嶋が言うと、すぐに高円寺が必要なリストを彼女の画面に送ってきた。

「圧倒的多数が衛星インターネット用の小型通信衛星。その次が各種の地球探査衛星の類。残りが正体不明を含む、軍事衛星か。それと不明が三って？」

「すべて状況が安定していない宇宙天文台です。ただ三つとも衛星インターネット用の衛星の影響を回避するためにラグランジュ点に置かれているので、軌道に変更がないのはそのためだと思われます。

それで状態なんですが、安定しません。動いてはいるのですが、必ずしも地上管制が円滑には行われていない。それがオビックによるものか、軌道の晴れ上がりに伴う副次的なものかは何とも。なので稼働機に含めるか含めないかが不明ということです」

長嶋は改めて、リストを見ていた。

「まずデブリが消失した状況で、稼働衛星の数は四二八〇基あります。ほとんどが低軌道の通信衛星で、静止軌道にもひしめいている。あとは各種回帰軌道に観測衛星が多数か。高円寺、これらの衛星が軌道エレベーターのケーブルと接触する確率はわかる？」

「低軌道衛星は、太陽の活動に伴う大気密度の関係でそこそこ誤差が出ますけど、それでいいなら」

「概要だけ知りたい」

長嶋は考えがあった。その仮説を確認したかったのだ。

「軌道エレベーターのケーブルの大きさにも左右されますが、接触確率は二年で一個程度です。ケーブルを振動させて衛星を避けるって方法を用いるなら、つまり能動的に避けようとするなら、さらに衝突確率を下げられます」

「長嶋ぁ、軌道エレベーターのケーブルの安全性向上のためのデブリ排除は説明がつくし、稼働衛星を残しても安全性は確保できるとしても、積極的に残す理由にはならないよね」

相変わらず天草は理解が早い。

「稼働衛星を残す、一番素直な理由。たぶんそれこそが正解でしょう。単純な理由こそ真理だから。

つまりオビックは軌道上の衛星を活用したいのね。衛星インターネットのシステムを残しておけば、自分たちが地上で活動しても通信を維持できる。偵察衛星のデータを傍受できれば地球の軍隊の動きを知ることができる。そのために各国が設置したのだから当然ね。地球観測衛星の類も、そのデータを人類以上に欲しいのは、他の天体から来たオビックでしょう」

「それって、オビックが人類の衛星を利用しているってこと？」

天草は、その可能性を信じられないというより、信じたくないように見えた。自分たちが管理している衛星が、すでにオビックにより利用されているなど、確かに信じたくないだろう。

「それはわからないけど、衛星インターネットのパケット転送量に顕著な増大は見られないから、いま現在は使っていないと考えていいと思う。オビックだって各種の人工衛星の雑多な通信規格を分類・整理して、データとして活用するのは容易じゃないはず。

ただ規則性を分析して解読することは、傍受サンプルが十分多ければ可能となる。それに衛星を活用できていないとしても、どんな衛星であるのかは電波のやり取りや軌道から推測できる。そうして地球に対してアプローチする時の資源として活用するのは不合理じゃない。

オビックの技術水準はわからないけど、せっかく四二八〇基の使える衛星があるのに、使わない手はない」

「長嶋ぁ、思うんだけど、オビックってカツカツで地球に来たんじゃないかな。大規模な侵略をしてこないのは、別にあちらさんが平和主義者とかじゃなくて、侵略したくても、ない袖は振れないから。

だってそうじゃない。軌道上に大艦隊がいるわけでもなく、拠点らしいのはオシリスだけ。裸一貫でやってきて、これからオシリスでコツコツやっていこうとしているのかも」

「それな」

長嶋も天草の仮説は可能性があるとは思いながらも、結論は出せないこともわかっていた。オシリスを直接調査しない限り、オビックの能力はわからない。結局のところ自分たちの任務は仮説の構築ではなく、事実の収集にあるのだ。

さらに「軌道の晴れ上がり」がその後の軌道エレベーター建設の布石だったとしても、

その軌道エレベーターは完成前に破壊された。このことでオビックの動きも変わるかもしれない。再度、軌道エレベーター建設を進めるのか、それは諦めるのかで。

「近地点でのスラスターの加速は成功、現状では一時間後にオシリスと最接近する」

長嶋たちはHTVX8のスラスターを遠隔で制御し、オシリスを可能な限り近距離から観測する態勢に入っていた。

それらの観測データは日本政府ではなくIAPOの共通データとなる。なぜなら、現在の地球軌道上で最も柔軟性のある運用が可能な宇宙施設はHTVX8だからだ。有人宇宙ステーションは、中国の天宮から宇宙飛行士たちが帰還した時から存在しないのだ。

ただHTVX8も無人ではあるのだが、かなり高度なヒューマノイドを二体搭載しているために、観測機器の交換により多くの観測が可能だった。いまも搭載している光学望遠鏡やレーザーレンジファインダーをロボットが設置し、オシリス観測の準備にかかっている。

これは将来的に有人カプセルをドッキングさせ、擬似的な宇宙ステーションを実現するという計画に伴うもので、このため宇宙機の大きさのわりには観測機器は充実していた。生命維持装置の類は積んでいないので、容積に余裕があるからだ。有人宇宙カプセルがドッキングしても、HTVX8内部は真空のままで運用することとなっていた。

そもそもHTVX8単体での運用には制約が多かった。軌道変更のためのスラスターは装備されていたが、搭載燃料の積載量に限度があったため、加速可能な速度には上限がある。

さらに可能な限り迅速な情報入手も要求されていた。そこで行われたのは、近地点が高度五五〇キロメートル、遠地点が高度八七五〇キロメートルの楕円軌道に投入することで、周期は三時間一二分ほどになる。

しかし、遠地点の高度八七五〇キロメートルでオシリスと最接近するように調整できるほど燃料には余裕がないため、現時点では近地点での加速から一時間後、高度七二二七キロに到達した時に、最接近することとなっていた。

ただ、これは加速を行なった最初の段階であり、オシリスが地球を一周する間にHTVX8は一五周するため、この後の微調整で二日に一回は遠地点でオシリスと最接近するように計画されていた。

とはいえ相手は高度六万キロの軌道にあるので、HTVX8の軌道調整にどこまでの意味があるのかは疑問な部分でもあった。

距離の問題もさることながら、オシリスとHTVX8の接近時の相対速度差は毎秒三キロ前後あり、その点の対応も必要だった。それでもロボットを遠隔で動かせることで、観測機器の様々な変更が可能だったのは大きかった。

ロボットはAIのアシストを受けながら高円寺が担当していた。基本的に専属オペレーターが決まっていたのは、人間側に経験を積ませるという意図だけではなく、アシストするAIにも経験を積ませ、人間との協働作業を行わせるためでもある。

この研究はJAXAにとどまらず、NIRCが類似研究の統括を行うことで、宇宙ロボットで培《つちか》ったAIの協働経験を、より汎用的なロボットのAIに基礎知識として転用し、日本における労働生産性の向上を図るという研究と繋がっていた。

望遠鏡など観測機器の準備は順調に進み、HTVX8の移動にともなう角度調整を行いながら、映像が送られてくる。複数のセンサーからのデータをAIが処理することで、立体映像として再構築される。

「オシリスの進行方向反対側の面に変化が認められますね」

高円寺が、ロボットを制御するための仮想現実バイザーを装着した状態で報告する。長嶋らのモニターにも表示されているが、高円寺だけにはそれがリアルな立体として観測できるのだ。

「棘《とげ》のようなものが、後ろ側に二四個か」

オシリスに関しては軌道上の進行方向を前、逆方向を後ろと呼んでいた。その後ろの部分に棘のようなものが二四個並んでいる。並び方は乱雑で規則性は見られなかった。

一方で、棘はいずれも同型と思われた。全体の形状はアイロンのような先端の尖ったものので、映像から判断すると底辺が一五メートル、高さは五〇メートルほどありそうだった。ただ距離が数万キロ離れているため、棘の表面についてははっきりしないが、鏡面のような形状ではなく、微細な凹凸はあるようだった。

「宇宙船みたいですね」

高円寺の印象は素直であったが、確かに納得できるものでもあった。地球に興味を抱き、破壊されたとはいえ軌道エレベーターまで作った相手だ。地上降下のための宇宙船を準備してもおかしくはない。兵庫県の山中から飛び立った宇宙船はこんな形状ではなかったか。それにこの二四機の目的が単なる地上降下にあるなら、大気圏突入に耐えられさえすればいい。帰還を考えないなら、構造は著しく単純化できる。ただ帰還能力の有無までは、HTVX8からの映像だけではわからない。

「ちょっとしたビルほどの大きさがある物体が建設されていたのに、いままでどこも気付かなかったの？」

長嶋はそう言うと過去データを検索し、発見されなかった理由を知った。それはオシリスそのものが姿勢を変えているためだった。それでも地球から観測している限りは、オシリスの姿勢が少し変化したように見えるだけだが、軌道上のHTVX8だからこそ宇宙船らしき存在を確認できたのだ。

「この位置関係だと、この物体が宇宙船であった場合、オシリスから発射されると進行方向と逆向きに加速することになりますから、俯瞰して見れば減速することになりますね。そうやって高度を下げて大気圏に突入か」

長嶋はそれが意味することを理解していた。軌道エレベーターという手段が使えない中で、オビックは別の手段で地球へのアクセスを考えているのだ。それがこの二四機の宇宙船らしきものの意味するところだろう。

「こいつに先制攻撃はかけられませんかね？」

高円寺がその質問を向けたのは長嶋だった。確かに身分としては空自の幹部だが、先制攻撃について何を知っているわけでもない。しかし、工学的に分析できることはある。

「まず、人類は現時点で兵士をオシリスに送り込む能力はない。レーザー光線の類も所詮は実験室レベルでしかない。

火力ではICBMだが、知っての通り弾道弾であって、しかもほとんどが即応性を重視した固体燃料だ。最大射程は一万五〇〇〇キロにも満たない。つまり高度六万五〇〇〇キロメートルのオシリスにまで到達できない。

そうなると液体燃料の大型ロケットによる打ち上げとなるが、周回軌道ではなく高度六万五〇〇〇キロの弾道に乗せるとしても制約は多い。いますぐ着手しても、オシリス攻撃が可能なミサイルを用意するには一年はかかるだろう。

結論としてオビックの地球降下の方が先だろう。上から落ちるのと、下から打ち上げるのでは要求される技術がまるで違うから。つまり先制攻撃は不可能だ。

そうなると我々が傾注すべきは、地対空ミサイルによるオビック宇宙船の迎撃しかない。つまらないくらい当たり前の結論だけど、そうなる」

それでも長嶋の話に、天草は納得できないようだった。

「宇宙空間のICBMで迎撃できないの？　もちろん弾道弾で命中させるのは構造的に無理だとしても、GPSで宇宙船の近くまで誘導して、命中精度の低さは核弾頭の威力で補うのは可能じゃない？」

それを聞いた時に長嶋が思ったのは、天草の提案の是非よりも、発想法が高校時代と変わっていないということだった。ともかくその頃から合理的な無茶を言う奴だった。

「安全を考えれば、可能な限り宇宙空間で迎撃したい。しかし、ほぼ真空の中での核爆発は、その破壊力を大きく減殺される。それに宇宙空間での核使用は重大な電磁パルスを発生させ、そちらの方が人類にとっては甚大な被害をもたらしかねない。

たとえば衛星インターネットシステムも、電磁パルスに対してそこまで強靭には作られていない。宇宙船の迎撃の成否にかかわらず、我々は地球規模の通信網に甚大な被害を覚悟することになる。

破壊力が維持できるほどの低高度では、地上に対する影響も無視できない。宇宙船を迎撃したが、都市も壊滅したでは意味がない。それにそこまで低空なら通常弾道の地対空ミサイルで対応できるでしょう」

「長嶋ぁ、やっぱりこちらは当面は受け身一方なんですか」

天草はその事実が気に入らないらしい。

「開発中の次世代宇宙船が完成してからだろう。それにしても先の話」

長嶋も噂の次世代宇宙船については天文学の見地から情報を集めていたが、いまひとつ全貌を把握しきれていない。核動力の大型宇宙船なのは間違いないらしいが、武装はもとより、大きささえ曖昧だ。それでもオシリスに乗り込むとなれば、こういう宇宙船が不可欠だろう。

「ともかく、オシリスの変化は早急に報告する。防衛省には私から、IAPOには天草から報告して」

「JAXAからIAPOにですか？」

「第三管制室の運用規則はそうなっていたはず。泥縄で作った規則だもの、穴はある。でも、こんな重要な情報、すぐに関係方面に伝えなかったら大問題でしょ。これはもう防衛省なんて役所だけで管理できる問題じゃないのよ」

二〇三X年五月二四日・NIRC神戸分所

NIRCの医療・公衆衛生担当理事の荻野美恵は、チューバーとの戦闘で死亡した自衛隊員の検死を行なっていたが、ミリマシンの発見に伴い、一度は検死を終えた遺体を再検査する作業に没頭していた。

これは山岡小隊長の遺体袋からその遺体が消え、ミリマシンが残っていたためだ。遺体はどうなったのか？　このミリマシンはどこから現れたのか？　という二つの疑問があった。

そのため検死を終えた自衛官に対して、再びミリマシンの捜索という観点で検査が行われたのだ。もっとも遺体は袋ごと冷蔵状態に置かれ、検査はCT画像を専用AIに分析させ、ミリマシンと思われる形状の有無を判定させたのだ。

結果は驚くべきことに、小隊全員の遺体から量の違いはあれど、ミリマシンが検出された。それはチューバーの刃物による切断面に付着していたが、遺体によっては、切断された頸椎部から脊柱管を伝って胸部や腰椎にまで達しているものもあった。

　もちろんそこまで深く浸潤した事例は数件で、ほとんどは頸椎部の切断面周辺で収まっていた。

「チューバーがなぜ首の切断にこだわるのかはわかりませんが、あの刃物にはミリマシンが付着しており、切断面から身体に侵入してきたのは間違いないようです。

　ミリマシンは、破損したものを除けば四種類、活発に活動しているものは検死時点ではほぼなく、活動を観測できたものはごく一部に過ぎません。

　どの遺体でも一番数が多いのはこの紐状のミリマシンで、観測した範囲で人体内部の偵察を行なっているように見えます。便宜的にこのミリマシンをレコンと呼んでいます」

　荻野はNIRC理事会に報告すると同時に、IDSPを通じてIAPOの関係機関に情報を流していた。混乱を避けるため質疑応答はこの場では行わず、それは後ほどNIRCで取りまとめることとなっている。

　それを踏まえて荻野も資料を用意していた。いまは紐状の物体が遺体の内部で動いている姿が映し出されていた。紐といっても全長は一ミリ程度しかない。それが集団となってより大きな芋虫のような紐となっている。

その芋虫は身体内を移動しながら、組織の中に基本単位のミリマシンが剝離し車の轍《わだち》のように残されている。

画像は切り替わる。それは別の遺体を撮影したものらしく、組織の形状などが先ほどとは違っている。その人物は骨折でもしたのか、骨にボルトが刺さっていたが、芋虫のようなミリマシンの集団とネジの間にスジのようなものがある。

そして芋虫のようなミリマシン集団はそのスジにそって移動し、骨のボルトを包み込んだ。映像では包み込んだミリマシン群で起きていることはよくわからなかったが、数時間後には体積が倍近くなっており、温度も上昇していた。

「いまご覧いただいた映像がもっともわかりやすかったでしょう。

レコンというミリマシンは集団で移動しながら、構成するレコンを周囲に展開し、おそらくは環境の情報を集め、まとめる機能があると思われます」

さらに画面は変わる。これも先ほどとは違って、骨折の治療に使ったのか、針金のようなものが入っていたが、レコンとは異なる六角形のミリマシンがその周辺に集まり、針金の表面は腐食していた。六角形の各辺からは棘のようなものが出ており、左右に動いているのがわかったが、それ以上のことはカメラの性能からわからなかった。

「この六角形のものはやはり便宜的にワーカーと呼んでいます。レコンが体内で金属を発見すると、移動してくるのか製造されるのかはわかりませんが、このワーカーが認められます。

別の資料で詳細はまとめましたが、体内で検出されたミリマシンの量は遺体ごとに違います。全体ではレコンの数が圧倒的に多い。ただ骨折あるいは歯の治療などで体内に金属を持っていた遺体に関しては、ミリマシンの総量も金属がない遺体よりも多く、概《おおむ》ね金属量に比例すると考えてよさそうです。

そして、そうした遺体でもレコンの数の優位は動かないものの、他の遺体に比べてワーカーの比率が顕著に高くなっています。金属が腐食していることなどから、ワーカーは金属を解体し、ミリマシンの数が増えていることから推測して、その組み立てに重要な役割を担っていると思われます」

さらに映像は変わる。レコンの集団とは別の、数ミリの大きさを持つ蜘蛛の巣を思わせる繊維質の構造があり、その構造の上にやはり数ミリの大きさの細長いチューブ状の構造物が何本か繋がっていた。それらの上をワーカーが移動していた。蜘蛛の巣の上には部品に相当するらしい微細な粒がいくつも認められた。

「この蜘蛛の巣状の構造とチューブ状の構造について、辛うじて活動状況を撮影できたのはこれだけです。

これも便宜的に蜘蛛の巣状のものをストア、チューブ状のものをトランスポーターと呼んでいます」

聴衆から何の反応も返ってこない中で、荻野はただ一人、ラボの中で何をしているのだろうと我ながら思った。仮説を立て、それに基づいて検証を行う。科学実験の基礎的な方法論はもちろん知っている。

しかし、いまここで自分が話しているのはどう考えても工学であって、専門外の話だ。成り行きでミリマシンについての情報を一番持っている立場だが、専門外ゆえにどこまで適切な情報を提供できているか、そこは自信がなかった。

「詳細は別途提供している資料に記述しておりますが、ストアはこの蜘蛛の巣のような形状の上にミリマシンの部品に相当すると思われるものを集積し、トランスポーターは、そうして集積された微細な粒のような部品を取り込んで移動させることで、これら一連の過程によりミリマシンが量産されると思われます。

ただ、ストアとトランスポーターの機能については絶対量が少ないばかりでなく、どのような機能と役割を持っているのかも、率直に申し上げてわかりません。たとえば部品のやり取りの状況は情報がありません。また部品からミリマシンが造られるのも、ワーカーが組み上げているのか、部品自体に自己組織化の機能があるのか、あるいはトランスポーターの内部を移動する中で組み上がるのか、そこはわかっておりません」

荻野はそこまでを説明する。彼女の本心としては、ここまで情報を提供したのだから、ここから先は工学の専門家が引き継いで欲しかった。

「ありがとう、荻野理事」

的矢理事長がモニターの中でそう彼女を労《ねぎら》う。一応、IAPOを介してのミリマシンに関する情報提供は終わった。ここから先は未だ冷蔵状態に置かれている自衛官らの遺体と、ミリマシンサンプルの採取に関するIAPOの事務方による会議となるらしい。

その辺りは荻野が聞かされていた当初の話から変更されていたが、IAPOではよくあることだった。荻野の報告の間にも、関係部門では同時並行で協議が行われていたわけだ。ともかく人類側が迅速に意思決定できなければ、オビックの行動に対処できないという危機感がIAPOにはあった。

「理事長、大勢の意見として、遺体はどうなりそうです?」

医者として荻野が気になったのはその部分だ。遺族としてはすぐにも葬儀を行いたいだろう。一方、IAPOとしてはミリマシンのサンプルがこれほど集まっている場所は他になく、回収したミリマシンは世界各国で研究されねばならず、遺体の返還よりもミリマシンに関心が向くのは当然であろう。

ただ遺体からサンプルを回収するにしても国家主権の問題があるだけでなく、サンプルをどう分配するのかという問題もまた考える必要がある。難しいのは、ここで日本の国家主権を強く主張するのは容易だが、他国で類似の事件が起きた場合、情報はその国の管理のもとに置かれるという前例になりかねない。ごく単純なゲーム理論の問題だが、こんな単純なモデルでも各国政府が合理的判断をするとは限らない。

「現時点では、荻野理事が回収したサンプルの分配で決着しそうだ。調査の名目で国家主権を侵犯しかねない問題については各国ともに慎重だ。アメリカもロシアも自国でオビックの基地が建設された。当然、その基地建設跡にもミリマシンの痕跡があるだろう。遺体のミリマシンを外国が調査することを認めれば、当然それらの国も調査対象になる。そうしたことから、日本の国家主権を認めるから自分たちの国家主権も認めろとなるわけだ。むろんIAPOとしては情報の公開が前提となるわけだがね」

「死者の尊厳が優先されたわけではないのですか」

結果として小隊の隊員たちは、やっと葬儀を迎えられる。それは荻野が望んだものであった。ただ小規模ではあったが国と国のパワーゲームの産物でもあった。

オビックが明日の朝には太陽系から影も形もなく消えてしまう可能性はほぼないだろう。つまり兵庫県の山中で起きた惨劇が日本や他の国で繰り返される可能性は低くない。その場合も死者の尊厳ではなくパワーバランスで対応が決してしまうなら、彼らがどんな扱いを受けるかはわからない。

穴の中に死体が放り込まれ、ガソリンをかけて焼却処分になることも考えられれば、すべて標本として解体され、実験材料として再利用されることさえあり得る。

荻野の言葉にはそういう意味も含まれていた。しかし、的矢はそれに対しては、荻野の独り言という態度で臨んでいた。彼とて荻野の声は聞こえていたはずだが、権と倫理などという、解決の目処《めど》も立たない案件に手を出したくないのだろう。

そんなことでNIRCという敵の多い組織を危険には晒《さら》せない。そうした的矢の立場も荻野は長年の付き合いからわかっていた。現状は二歩前進のための一歩後退というところだろう。問題は、どこで二歩前進するかだ。そもそも、二歩前進の機会などあるのかと。

「ところで荻野理事、ずっと気になっていたのですけど、ミリマシンが人体を材料としている可能性はありませんか？」

予想外の質問をしてきたのは大沼理事だった。

「どういうことでしょうか」

「ミリマシンが金属だけでなく、有機物を素材にしているかどうかということです。工学的な見地で考えると、ゼロからこれだけの機構を作り出すというのは考えにくい。

それが異星人による文明の成果としても、異星人の細胞なり彼らの世界の微生物を活用した方が、ゼロからミリマシンを設計するより容易《たやす》いのは明らかです。そうであるなら、ミリマシンはオビックの細胞なり、彼らの世界の微生物の構造なりを反映しているかもしれません。

だとすれば、ミリマシンが増殖するとしたら、人体ではないとしても動植物の細胞を材料とするのではないかという疑問です。もちろんオビックが生物として地球のそれと似ても似つかぬ存在の可能性はあるでしょう。しかし、チューバーが人間の首を刎ねる点からも、かけ離れた存在とは思えないので」

さすがに普段からSFなんか読んでいるから発想が独特だなと思いつつも、荻野は大沼の疑問そのものには、否定できない可能性を認めていた。確かにゼロからこんなロボットを作るくらいなら、細胞を改造することを考えるだろう。

「そういう観点では調査していなかったので、イエスともノーとも返答はできません。ただ大沼説を否定できない事実はいくつか存在しています。

まず体内のミリマシンの量が多い遺体については、血液中のヘモグロビンの値が有意に低く、ビリルビン値が高い。これはヘモグロビンが分解してビリルビンになったと解釈すれば説明がつくことですが、溶血はそこまで進んでいません。

しかも、ヘモグロビンが減少しビリルビンが増加しているのは、体内のミリマシン周辺の組織のみです。そして血清鉄はヘモグロビンが分解しているにもかかわらず、明らかに減少している。

大沼理事の指摘まで、私はミリマシン増殖による局所的な血球破壊が起きたと思っていましたが、ミリマシンがヘモグロビンを解体し、内部の鉄を自分たちの素材として活用したと解釈することが可能と気が付きました。

それであればすべての遺体で同様の傾向が見られて然るべきですが、実際には体内に金属プレートやボルトなどが残っている遺体でのみ顕著な増加が見られます。

残念ながらミリマシンの組成分析まではこちらでは行なっておりません。ただ電子顕微鏡などの解析では、ミリマシンも複数の部品から作られているのは明らかです。

そうしたことから推測すると、完全なミリマシンを製造するには鉄以外の金属も必要であり、人体でのミリマシン増殖は可能ではあるが、特定の金属成分が制限要因となり、それがミリマシンの総量を左右すると言えるのではないでしょうか」

そう言うと荻野は、先ほどのレコンの映像を再度提示する。

「すべてのミリマシンが金属主体とも言い切れない。それはこのレコンが示しています。このミリマシンだけは、すべての遺体で最も量が多い。その体内での動きなどを考えても、有機物主体のミリマシンであると言えるでしょう」

「やはりミリマシンは細胞を出発点にしていると？」

大沼は前のめりになっていたが、荻野は違った。

「その可能性を否定するものではありませんが、四種類のミリマシンのすべてが同じ環境で増殖するとは思えません。現時点での分析でも、金属主体のもの、有機物主体のものとに分かれます。したがってすべてのミリマシンが同等に増殖できる環境とは、金属と有機物が同等に存在している環境となります。

しかし、我々が知っている範囲で、有機物と金属元素が高濃度で存在する生命環境は想像し難い。高濃度の金属は酵素活性にはマイナスに働くことが多いですから。

もちろんオビックが如何《いか》なる生物なのかわかっておりませんから、我々の経験が通用しない生物の可能性もあるでしょう。

ただ、先日の理事会での大沼理事の発表を考えると、別の、より整合性のある仮説が考えられます」

荻野としては、医者としての習慣で、可能な限り事実と推測を切り分けた説明を心がけたつもりだった。しかし、事実関係の少なさから、我ながら可能性の連続になることには呆れていた。

事実関係が少ないからこそ、考えられる可能性を洗い出すことが無駄とまでは思わなかったが。

「私のどのような発言が、より整合性のある仮説に結びつくのでしょうか？」

「以前の大沼理事の報告にあったように、地球で建設されたオビックの拠点は、その場所を狙ったものではなかった。軌道上からばら撒いたミリマシンにとって、たまたまその場所が増殖条件を満たしていたために数を増やすことができた。

条件が成立したら発動するという設定をオビックがミリマシンに対して行なっていたとすれば、我々が発見した四種類のミリマシンについても同様のことが言えるかもしれません。

つまり金属の多い廃棄物処理場のような環境では、金属主体のミリマシンが量産され、人体のような有機物の多い環境では、有機物主体のミリマシンが量産される」

「ミリマシンは四種類に分類できるが、それらは有機物主体、金属主体など環境変化に合わせた異なる構造のものが存在し、その環境に適応したものが増殖すると？」

大沼の解釈に荻野は同意したことを身振りで示す。

「以上の仮説であるならば、行方不明の山岡小隊長を除けば、身体すべてがミリマシンに貪食《どんしょく》された遺体はありません。増殖環境としては人間の身体はあまり望ましくはない。体内の歯や骨折の治療で用いられた金属を資源化したとしても、増殖可能なミリマシンは限界がある。

ただ、そうなるとどうして山岡の場合だけ、あそこまで腐食もしくは解体が進んだのかがわかりません。

一つ考えられるとすれば、山岡は着衣を貫くようにチューバーの刃物に刺されています。刃物に付着したミリマシンは、着衣も利用できる資源と判断し、それに対応したミリマシンが活性化したのかもしれません。装甲車内の他の隊員は首だけ切断されていた。山岡のミリマシンは遺体と着衣の両方を資源として活用できた。

だから遺体袋の内部は遺体も着衣も消えていた。活性化したミリマシンの組み合わせは、山岡だけが他の自衛官と違っていたのかもしれません。この仮説が正しいなら、自衛隊の戦闘服のような素材がミリマシンの増殖に適していた。小隊長の彼は拳銃を携行するほか、各種の電子装備も内蔵していた。資源の選択肢は広かったはずです」

それは荻野がいまさっき思いついたことではあるが、我ながら真相に近いのではないかという感触はあった。

「そうなると、山岡の遺体が消滅したのは、選ばれたわけではなく、偶然ということか？」

的矢理事長が関心を持ったのはそこだった。

「それはオビックではないのでわかりませんが、客観的にあの状況で山岡だけが特別な存在と判断できる材料は見当たらないと思います。戦闘服と一緒に首を切断されたのは山岡一人だった。

ただ、それでもオビックの行動には一貫性があるようには思えません。ミリマシンで人体について調査したいなら、首を切断せずとも体内に注入する方法は幾らでもある」

荻野がそう言った時、的矢は誰に言うとなく呟く。

「何を見ているかわからない連中だからな、我々に彼らの行動の一貫性など理解できないかもしれない。そして彼らにも、我々の行動に一貫性があるのかないのか判断できない」

「そういうSFでしたら、スタニフワフ・レムって……」

「はいはい、時間ですので理事会終了です」

的矢はそう言うと、大沼理事を残して画面から退席した。

7　攻撃前夜

二〇三X年五月二四日・オシリス

矢野卓二が武山たちと合流して一週間ほどになった。武山も相川麻里もあえて口にしなかったが、卓二と遭遇してからオシリス内部での生活も変化し始めていた。それは小さなところから始まった。

最初の変化は、卓二が現れてから二日ほど経過した頃だった。

「たぶんカーボンファイバーの一種だろう」

武山は、山岡が発見してきた木の枝のようなものを前に、そう結論した。彼のいたベンチャー企業でもこんな素材はよく扱っていた。

山岡が持ち帰ったのは、全長が二メートルほどと、その半分の長さの、釣り竿のような細い棒だった。太さは五ミリ程度だろう。ただ色は黒く、何かの素材としか思えないようなものだった。

「どこにあったんだ？」

武山は山岡にそう尋ねるも、彼の反応はあまり当てにならなかった。

「あっち」

山岡は自分がやってきた方の地下通路を指差すだけだ。陸上自衛隊の幹部なら、こういう場合にはせめて方位とか距離について言及するのではないか？　だが彼はそういう報告をしたことがなかった。

武山らに合流した時でさえ、同じ自衛官の宮本とは対照的に、あまり頭の回転が良い人間とは思えなかった。それが卓二が現れてから目に見えて悪化している気がするのだ。

むろん誰も経験したことがないような事態に直面し、あまつさえ宇宙船でオシリスまで運ばれたのだから、精神的な動揺はあって当然だろう。しかし、それを言えば、ここにいる五人全員がオビックによりオシリスまで運ばれてきたのだ。

人が違えばショックの受け止め方も違うのは当然としても、自分たちに比して山岡の態度は何か納得できない点が武山にはあった。

とはいえ彼は精神科医でも臨床心理士でもないので、山岡の反応をどう解釈すべきかはわからなかったし、どういう態度で臨むべきかの見当もつかなかった。

武山がカーボンファイバーを検分していると、他の三人も集まってくる。麻里と卓二は婚約者同士なのでいまは一緒に生活している。オビックを混乱させるために共に生活するパートナーを変えるとかいうルールは、すでに忘れ去られていた。

武山、宮本、山岡は一人で生活していた。武山は麻里と卓二の近くで生活し、三人で過ごす時間が長かった。そして麻里と宮本はいまひとつ反《そ》りが合わない部分があり、この二人が距離を置いているので、武山と卓二も宮本との距離は遠くなる。

一方で、山岡は他人とコミュニケーションを取りたがらないのと、階級が違いすぎる人間とはいたくないとのことで一人で生活している。結果として宮本もまた一人で生活していた。

だから山岡がカーボンファイバーらしき素材を抱えて持ち帰っても、いままで彼がどこにいたのかまるでわからなかったのである。

武山は工学の専門家とみなされており、山岡ほかの四人は、彼がカーボンファイバーの棒を検分するのを眺めていた。実際それは不思議な素材で、炭素繊維の一種なのは間違いないが、二本の棒を直交させるとくっ付いて、簡単には結合を解除できなかった。ただ、ある程度の力をかけるとあっさりと分離した。

「たぶん、ミクロン単位以下で、微細なフックみたいな構造が埋め込まれているのだと思う。だから直交するとフック同士が噛み合うが、それ以外では噛み合わない。それで結合できるのだと思う」

「道具とか作れそう？」

そう尋ねてきたのは麻里だった。

「どういう道具を求めるかによる。たとえばここにあるカーボンファイバーだけならほとんど役に立たない。だけど、これの一〇倍、一〇〇倍あったなら、話は違ってくる。それだけあればいまみたいな洞窟生活ではなく、家を作ることもできる。

この表面の樹脂部分の可塑性は思ったよりも高そうだ。やりようによっては密閉容器だって作れるかもしれない」

「なら、これがあった場所に行きましょう。山岡さん、案内してくれる？」

麻里は山岡に案内を促すが、相変わらず彼の反応は鈍い。ウンとか何か口の中でつぶやくと、そのまま歩き出す。山岡以外の四人は本当に彼がこの道でカーボンファイバーを発見したのか疑わしくなってきた。なぜならその道は、水を確保するために毎日使っているいつものルートであるからだ。

だから武山や他のメンバーも、地下通路が切り替わることでこうしたカーボンファイバーを入手できたと考えたのだ。しかし、現実は違っていた。水場の手前ぐらいの通路の壁が剝離しており、床にその剝離したカーボンファイバーが落ちていたのだ。

武山が壁のカーボンファイバーを力任せに引っ張ると、面白いように剝がれていった。ただ深掘りして五〇センチも剝がしていくと、再び岩盤に突き当たる。しかもとてつもなく冷え切っていた。

「あぁ、そういうことか」

「何が、そういうことか、なのさ、隆二」

武山は麻里や他のメンバーに説明する。

「この小惑星は何億年も宇宙を彷徨《さまよ》っているから、冷え切っている。地球だって大気と海洋がなく太陽光だけだったら、地表は氷点下三〇度くらいになるという話だ。だから我々の居住空間を安定した室温に保つためには、断熱材が必要ということだ。さっき計算したんだが、このファイバーが純粋に炭素繊維だとしたら異常に軽い。内部が多孔質であると考えれば計算はあう。そうであるなら断熱材として使用できる。ただ我々だったら断熱材をこういう形にするかという疑問はある。でも、宮本さんの話ではオシリスは炭素が豊富らしいから、ありものを活用しただけと考えても不思議はない」

武山がそんな説明をしていると、宮本はカーボンファイバーが剝離して露出している壁の破口部分を叩いている。

「あなた、何してるの？」

麻里の宮本に対する質問はつい詰問調になった。

「この壁がどうして剝離したのかが知りたくてね。この厚さで自然に崩れるとも思えないし、崩れたとして、瓦礫《がれき》が残ってるはずだけど、そんなものは見当たらない。そもそもいままでのオシリスでの生活を考えたら、こうした穴は、ミリマシンが補修するはずよね」

武山たちはオシリス内で目にする昆虫のような微細ロボットを、最初は蟻ロボットとか砂状ロボットなどと呼んでいたが、いまは地球と同じようにミリマシンで通じていた。

「つまり人間にカーボンファイバーを見せるか与えるのが、オビックの目的というのですか、宮本さんは？」

武山が宮本説で感じたのは知能検査というものだった。カーボンファイバーという新しい材料を人間はどのように扱うのか。オビックはそれを観察するというわけだ。

ただおそらく観察項目はそれだけではないだろう。カーボンファイバーが便利だからと使い尽くせば、地下通路の居住環境は温度低下により急激に悪化しかねない。むしろオビックの狙いはそこなのか？

「基本的にはそうなんですけど、でもこれだけでは終わらない気がしますね」

宮本は武山とは別の視点でこのことを捉えていた。

「どういうことです？」

「単純な話です。カーボンファイバーは便利な素材かもしれませんけど、これで我々が道具を作ろうとするインセンティブはありません。道具を作る必要性などないからです。これから、このカーボンファイバーを使って何かを作らねばならない状況に遭遇すると考えた方がいいだろうということです」

「攻撃されるってことか」

そう言ったのは意外にも卓二だった。

「俺は最初は邪魔されずに食料を手に入れられた。しかし、途中から犬の妨害に遭うようになった。知能検査か何か知らないが、オビックが俺に犬をけしかけてきたわけだ。あいつらのおかげで俺たちは生きているが、一方で、山岡さんの話を信じるなら、いきなり切り掛かってくるような一面もある。ともかく、いまのところ話し合おうという態度じゃない。

もしかしたら奴らには、話し合うなんて考えはないのかもな。だったらオビックが仕掛けてくるのは攻撃しかないだろう。こっちが道具を作らねばならないような」

麻里は宮本の意見には不審な表情を浮かべていたが、卓二の意見には納得したらしい。

カーボンファイバーを手に取って振り回す。

「仮にオビックが攻撃してくるとしても、これで製作可能な武器なんかほとんどないでしょ。鉄砲が作れるわけじゃないし、弓矢にするにも向きそうにない。

ただ相手が刃物を振り回してきたら、盾か何かなら作れる。どう思う、隆二？」

「盾はこのカーボンファイバーを編めば作れるだろうが、それよりもっといいことがある。

宮本さん、あなたが持ってきた道具を使わせてくれ」

「それはいいけど、カーボンファイバーで盾を作るような道具がないのは知ってるでしょ？」

「それは知ってる。しかし、重要なのは、オビックもそう思ってるってことだ」

武山には考えがあった。宮本が居住モジュールから運び出したツールはいままでほとんど使われていなかった。食料が提供される洞窟暮らしでは使う場面などなかったからだ。

しかしカーボンファイバーが使えることから、武山はオビックを出し抜くことを考えたのだ。

持てるだけのカーボンファイバーを自分の洞窟に運び込むと、武山は宮本が持参したツールの中のペンチでそれを潰してみる。そして繊維部と固めている樹脂部に裂けることを確認すると、自分が愛用しているナイフで細かく削っていく。

「何をしてるの？」

こういう時に質問をしてくるのは麻里だった。

「オビックの思考法だよ。オビックは素材としてカーボンファイバーを提供してきたと我々は解釈している。

だがカーボンファイバーは素材だけでなく、こうして細分化すれば燃えて燃料に使える。燃料を手に入れられれば、壁を加熱して、水をかけて急冷すれば剝離するから、石材も材料にできる。

要するに、カーボンファイバーも異なる視点で見れば、活用法はいくらでもある。

だがオビックがそこまで多様な視点を持っておらず、カーボンファイバーをこの細長い棒状の素材としか解釈していないなら、石材や火の使用はオビックに対して奇襲になる。

我々のそうした準備にオビックはどう振る舞うか？　それを見ればオビックの思考法がわかるかもしれない」

冷静に考えるなら、オビックが攻撃を仕掛けてくるだろうというのは根拠薄弱な話であった。ただ何かが起こりつつある兆しはあった。カーボンファイバーの入手だけでなく、いままで定期的に行われていた通路の組み替えが停止した。人間が住んでいる居住空間の構造は変化することなく固定化されたのだ。

もちろん将来はわからないが、少なくともいままでどおりの周期性は期待できなくなった。

さらにこれに合わせて食料は居住する洞窟内に現れるのではなく、通路の中に現れた水場とその周辺にだけ提供されるようになった。そこに行けば水も食料も手に入るが、何かが変わりつつあるのは明らかだった。

そして決定的な変化は、五月二八日に起きた。その頃には、食料は当番が必要量を運んでくることになっていた。そのためのカーボンファイバーの籠や容器も持参である。

籠はカーボンファイバーをナイフでリボン状にしたものを編んでいる。水を入れる容器はカーボンのクズを燃料にして加熱したもので、武山の予想通り樹脂は溶けて融合した。ただバーナーもストーブもないため、密閉容器として成功したのは二リットルほどの容器だけだ。

その日の当番は、卓二と麻里だった。二人はそこで食料と水を確保しようとしたが、手ぶらで戻ってきた。

「水場をチューバーが見張ってる」

武山らが質問する前に、麻里はそう説明した。

「見張ってるというと?」

宮本が尋ねると、麻里は近くの地面に水場周辺の概略を描く。

「ここが通路。その先に開けた場所があって、食料が置かれている石畳になっている。それはいいわね?」

山岡の反応は鈍いが、武山と宮本はうなずく。

「この食料が置かれている石畳の左奥が水場だけど、その石畳を通せんぼうするように四体のチューバーが立っている。それも四体とも右手は刃物だった」

実物を見たことがない宮本は特に反応しなかったが、武山はあの廃ホテルでの出来事を思い出していた。結果的に麻里も卓二も生きていたが、武山の記憶では二人はチューバーによって殺されていたのだ。

自分以外が殺されたか、殺されかけた光景を見たという記憶は麻里も卓二も持っている。それが記憶の混乱としても、刀を振り回すチューバーの光景だけは忘れられない。ただ襲撃された経験があるはずの山岡はなぜか無反応だ。それだけ心理的な傷が大きかったのか?

「食べ物が欲しければ、自分たちを倒して行けというわけか。卓二の経験と同じか。犬が

「隆二の作った盾は、チューバーの刃物を防げるの？　それとも犬用？」

隆二はすでにオビックの敵対的な対応に備えて盾を用意していた。そういうと用意周到にも聞こえるが、実際のところ壁の断熱材らしいカーボンファイバーを材料に作れるものなどそれほど多くはない。

「一応、チューバーの攻撃を想定している。基本的には縁の部分で刃物を受け止めるようにすれば一刀両断とはいかないはずだ。ただ突きを入れられたら、どこまで耐えられるかはわからない。ここはもうロボットだから、単純な動きしかできないだろうという希望的観測によるものだ」

武山はそこは仲間には隠さない。人間は五人しかいないのだ。道具を作っても、そのできること、できないことを明らかにするのは重要なことだ。

「それでどうするの？　こちらから仕掛けていくの？」

宮本はそう言いながら、全員の顔を見る。

「仕掛けるって、何か勘違いしてません？　我々がなすべきことは食料と水の確保。チューバーと戦って相手の弱点を探るようなことは目的じゃない。闘争は可能な限り避けるべき。我々の中には医者も看護師もいない。宮本さん、片腕切り落とされた人間の止血できますか？」

麻里は宮本に言い放った。そう言われてしまえば宮本には反論はできない。緊急時の救急訓練は受けはしたが、大昔のことだ。だいたいここには、医療機材といえば宇宙飛行士の装備にあった痛み止めと止血テープくらいしかない。

冷静に状況を考えるなら、チューバーの刃物で襲われたら助けられない以上、見捨てるしか選択肢はない。負傷者を助けようとして逃げ遅れたら犠牲者を増やすだけだし、奇跡的に拠点まで運べたとしても、救う手立てなどないのだ。

宮本が反論しないので、議論は麻里のペースで進む。場違いだが武山は、高校時代の彼女のことを思い出していた。

「卓二はどうすればいいと思う？」

「俺が経験したのは犬だったけど、チューバーはあまり利口には思えない。何と言うか、接近したら阻止しようとするが、ほかのチューバーや犬は反応しない。連携して何かをするという動きが感じられなかった。

機械の操作とかしていたから知能みたいなものはあるんだと思うけど、なんてんだ、応用が利かないってのかな。

だから陽動作戦とかは、わりと簡単に引っかかると思う」

「しかし、全員で行くのか？」

五人しかいないなら全員で行きたいところだが、問題は山岡だ。本当なら陸上自衛隊の幹部なのだから、こういう状況では一番の専門家であるはずだ。しかし生活を共にする中で、判断力に疑問を感じるところが多かった。しかも最初に現れて以降、その発言や行動から判断力が低下し続けているようにさえ見えた。

小隊長の職務を遂行しようとして殺されそうになってしまったなら、いまの状況では戦うどころか逃げることも難しいだろう。

ならば山岡以外で前進するか？　合理性を考えればそうした結論になるのだが、それはそれで山岡に対して「お前は足手まといだ」と宣言するようなものだろう。

「本職の自衛官として意見を述べさせていただけるなら、全員で向かうのはあまり良い策とは言えないでしょう。

まず、我々の拠点は保持しなくてはなりません。そのために一名は残る必要があります。それは山岡さんが適任でしょう。どうしても経験と知識が必要になりますから」

武山が迷っている問題に、宮本はあっさりと解答を出した。山岡もそれに対して異を唱えるふうもない。

「水と食料を確保するのにそれぞれ一名で二名必要とすれば、陽動には最大でも二名となる。地下通路なのですから二名は多すぎる。陽動は一名として、残り一名は予備兵力というか、何か起きた時に、そちらを支援する役割として、少し離れたところで配置に就く。現状ではこれが一番じゃないでしょうか？」

宮本の意見を入れ、麻里と卓二が食料確保、武山が陽動で、宮本が予備兵力というか支援要員となった。もっともこれは適材適所というより、麻里の意見により消去法で決まった。食料調達と陽動は阿吽《あうん》の呼吸で動ける気心の知れた人間であるべきと麻里は主張し、そうなれば高校同期の三人が該当し、自動的に宮本は支援要員となった。

陽動は一番危険な役割なので、手製の武器を持つことが許された。ありあわせで作り上げたから、武山以外には使えないというのもある。材料が限られていたため、実は試験もほとんど行なっていない。正直、気休め程度の代物だ。

四人は武山を先頭に、麻里と卓二が続き、殿《しんがり》が宮本という順番に地下通路を進んだ。

「隆二、いまさらだけど、なんでオビックはチューバーやミリマシンばかり使って、自分らの姿は見せないんだろうか？」

戦いに赴く緊張感のためか、卓二はそんなことを尋ねてきた。

「チューバーこそオビックかもしれないだろ」

「そうかな。こんな大掛かりな仕掛けを作れるほど、チューバーは賢いとは思えなかったけど」

卓二はチューバーを頭の悪いロボットと認識しているようだ。彼がオシリスの中で一人で生活していた時の経験だろう。それは尊重すべきと武山も思うのだが、すべてにおいて頭の悪いロボットという先入観は危険だとも思う。

「俺たちが病原菌を持ち込んでいるから直接は会いたくないのかもしれないし、連中は全長五メートルくらいあって、通路には入れないからかもしれないだろ」

武山もそんないい加減な返答をするが、この馬鹿な想定が、案外正鵠《せいこく》を得ていることも否定はできない。卓二は、「なるほど」と納得している。そんな友人の態度に、武山も囮《おとり》になるという気負いが消えていく気がした。

「あれか」

地下通路を抜けると、差し渡し二〇メートルほどの円形の空間に出る。そこには二メートル四方ほどの四角いプールのような水場と、その手前の一段高いテーブル状の石畳の上に食料が並べられていた。

以前は水差しや皿が用意されていたが、それらはすぐに無くなり、いまの形になった。じつはパンにしても最初こそ包装紙まで完璧に再現したクリームパンだったが、包装紙は

二、三日で省略されてクリームパンだけになり、さらにいまはクリームなしのパンだけに変わった。

オビックが提供するのは基本的にパンなのだが、彼らなりに人体の健康には配慮しているようで、パンからクリームが消える頃から、緑色の羊羹《ようかん》のようなものが付属していた。パンと羊羹で完全食ということか。とりあえず壊血病とか脚気《かっけ》などにはなっていない。全般的に食事は簡略化の方向に進んでいる。最終的にパンも無くなって、この緑色の羊羹に吸収されてしまうのではないかと武山は思っていた。

麻里や卓二の報告ではチューバーは四体だったが、いまは三体になっている。この円形の空間は地下通路の行き止まりだから、彼らの知らない出入り口があるのだろう。それ自体は不思議でもなんでもない。

武山が接近しても、チューバーは特に反応はしない。盾とか他の道具を持参しているが、チューバーは無反応で、ただ立っているだけだ。武山は地下通路から広場に出ると、左方向に回り込む。

それに続く形で麻里と卓二は石畳に近い右方向に移動する。それでもチューバーは動く気配がない。ここで宮本が地下通路から出ると、距離をおいて麻里たちに続く。

武山はそこでカーボンファイバーを裂いてリボン状にした長さ二メートルほどの帯と、

拳より大きな石を取り出す。石は、カーボンファイバーを燃やして壁の一部を加熱し、水をかけて急冷することで剝離させた壁面の一部だ。石といえども自分たちには貴重な道具だ。

武山はリボンの中央に石を載せて、リボンの両端をつかむとぐるぐると振り回す。いわゆるスリングという武器だ。

宇宙船を持っている文明のロボットに対して、自分たちはスリングで石をぶつけようとしているのも滑稽といえば滑稽な状況だ。しかし、それをいえばチューバーだってレーザー光線を放つわけでもなく、刀で首を刎《は》ねるではないか。

遠心力の手応えを感じつつ、武山はスリングの一端の手を離す。石は一番近いチューバーに向けて、飛んで行く。武山としては飛んできた石にチューバーが反応することを期待していたのであって、命中させるつもりはなかった。

というより、スリングの使い方に習熟しているわけではない。狭い地下通路で練習できるものではないし、オビックにも気取《けど》られたくない。だから注意をひく以上の効果は期待していない。

だが低重力環境でのスリングは、イメージしていたものと勝手が違った。石は彼が狙った一番近いチューバーではなく、その隣にいる真ん中のチューバーを直撃してしまった。

チューバーから火花が飛んで、ふらついて倒れ、火花を噴き上げる。

チューバーを誘導することは計算していたものの、こんな展開は予想していなかった。そして武山が狙っていたチューバーは、こちらへと向かってきた。歩き方は低重力のせいかぎこちなかったが、それでも急激に間合いを詰めてきた。

そのままチューバーは横一文字に刀を振るったが、その動きは武山も読んでいた。そのまま持っていた盾の縁で刃物を受け止める。

ここまでは予想していた展開だが、やはり実戦経験がないことの影響は大きい。低重力なので、盾で刃物を受け止めると、そのまま盾ごと武山は飛ばされ、チューバーも反動を床で支えきれずに弾《はじ》け飛んだ。

どうやらチューバーは地球上で刃物を振り回すことしか想定していなかったらしい。弾け飛んだチューバーは再び武山に向かってきたが、動きはさっきとまるで変わらない。そこで武山は手製の武器を試す。

石ですりつぶして粉末状にした炭素の粉を相手に吹きつけて、電池の火花で点火するというものだ。粉塵爆発を武器にしたものだが、石でカーボンファイバーの破片をすり潰すのがあまりにも重労働なので、ごく少量の粉末で点火装置の試験しかしていなかった。

チューバーは行動パターンに多様性がないのか、さっきと同じように横一文字で刀を振るったが、武山は今度はかなりの余裕を持って盾でそれを受け止め、粉末を噴射して点火する。この時、カーボンファイバーの盾は粉塵火災から武山を守った。

しかし、ここでも低重力環境ということを失念していた。炭素の粉末は思った以上に空気中に浮遊したため、固まっていた粉体も拡散し、酸素との接触面が増大した。そこに火花が走る。

武山が思っていた以上の燃焼が瞬時に起こり、大爆発とともに武山は盾ごと吹き飛ばされ、チューバーは四散した。

爆発の衝撃波の影響か、三体中の二体が破壊されたという予想外の事態に対応できないのか、残るチューバーは動かない。武山は目の前にチューバーの刀が落ちていることに気づくと、停止状態のチューバーに横殴りに刀を叩き込む。

彼がイメージしたのは一刀両断されるチューバーだったが、低重力もあってそのまま壁に叩きつけられる。そして武山は刃物を胴体に押し込もうとするが、重力が低く足場が悪いので切断できない。そこで関節部分を狙って刃物を差し込んだ。それは正解だったようで、チューバーは順次手足を解体される。抵抗らしい抵抗はない。

麻里と卓二は水と食料を確保していたが、武山は刃物をはじめとしてチューバーの分解された手足や胴体を抱えていた。

「見てわからないか、麻里。これは貴重な金属資源だろう。少なくとも刃物はこのままでも役にたつ。宮本さんも手伝って」

武山に促され、宮本もチューバーの残骸を回収する。どういう材料かはわからなかったが、金属製のチューバーは低重力環境のためもあって、三体すべてを回収しても、それほど重くはなかった。

それでもそこそこの質量があれば、重量と質量の違いから力加減が難しく、思ったように動かせないわけだが、チューバーの残骸については、それほど難儀することもなかった。

つまりチューバーの質量は思ったよりも小さいということになる。

武山の技術者としての経験から言うならば、チューバーはアルミ合金でできているようだった。地殻を構成する元素の量ではアルミニウムは鉄より多いから、オシリスの組成も同様なら、アルミ合金製であっても不思議はない。

もっともチューバーの刀はどう見ても鉄製なので、適材適所で材料の組成は変えられているのだろう。

「武山さんから見て、チューバーの技術力って人類とどれだけ差があると思います？」

チューバーの残骸を抱えた宮本が武山の横に並ぶ。彼女は異星人のロボットを自分が抱

「隆二、何してるの？」

えていることと、それらを人類が破壊できたことに興奮しているらしい。

「隔絶した技術を持っている相手と考えるべきでしょう。オビックは我々の文明を知っているが、我々は彼らの存在すら知らなかった。いまですら彼らの母星はわかっていない。太陽系の近くに存在しながら、高度な文明の存在を隠しおおせるだけの技術があるか、人類が察知できないくらい遠くからやってきたか、いずれにしても人類には実現不可能な技術です。

ただ……」

「ただ、なんなの？」

宮本は詰問調で尋ねる。本人には自覚も悪気もないのだろうが、先が読めない状況への怯えなのか。

「技術の進歩については人間は人間の経験しかない。その進歩の仕方が他の文明でも成立するとは限りません。

たとえば鳥のように空を飛べる知性体の文明で、自動車が発達すると思いますか？　あるいは自転車が発明されるか。飛行機が発明されたとしても、その発達の仕方は人類とは違うでしょう。

もう一つ、高度な技術文明であっても、その構成員が等しく文明の恩恵を受けられるとは限らない。地球の世界経済は年率二パーセントの成長をしてますが、にもかかわらず八億の人間が未だに飢えている。オビック社会もそうした問題を抱えているなら、技術の進展は場所あるいは分野によって異なるでしょう」

それは宮本が期待した内容でないことは武山にもわかっていたが、同時に彼女が尋ねてきた話題がそこまで単純ではないことも指摘しなければならないだろう。

「それでチューバーの技術ですが、見た印象ではこの程度のものなら人間にも製造は可能です。内部の電子部品についてはここでは分析できませんが、外界の刺激に対して同様の反応をするようなロボットなら我々の射程内にある技術です。

またオシリスそのものも、地下通路を組み替える機構の意味はともかく、我々にも製造可能なものです。素材についても、このチューバーの金属やカーボンファイバーも我々の既存技術で可能です。

一方で、ミリマシンについては我々には製作不能です。基礎研究なら類似のものはありますが、オビックのものほど完成度は高くない。さらに言えば、このオシリス内の重力を作り出しているマイクロブラックホールの運用技術に至っては、実験室レベルのものさえ存在しない」

「つまり、技術水準は我々と比べてどうなの？」

「だからその質問自体が無意味というんです。たとえばミリマシンが存在するのに、どうしてチューバーが必要なのかという疑問がある。すべてミリマシンに置き換えないのはなぜか？　ミリマシン技術とマイクロブラックホール技術だけが卓越しているものの、それ以外の分野では我々と同等レベルにしか見えない。それには合理的な理由があるでしょうが、それはまだ我々にはわかっていない。ゆえに評価のしようがない」

「たとえばそれは、オビックが我々と同等水準であるように見せかけようとしている可能性は？」

宮本は妙にこの問題に固執した。

「それはないでしょう」

武山もだんだん面倒になってきた。

「何をどう繕っても、オビックは太陽系にやってきたんです。この一事をもってしても技術の優位は明らかです。

それは無視するとしても、技術力を低く見せようとするならミリマシンの存在は隠すでしょうし、大きさからいって秘匿は容易なはずです。しかし、じっさいは早くからその存在を誇示しています。これらから考えるなら、少なくとも彼らには技術力を低く見せようとする意図は感じられません」

「厳密にはそうなのかもしれないけど、重要なのは、人類がオビックに勝利する可能性があるかどうかじゃないの」

武山は宮本との会話が噛み合わない理由がやっと理解できたが、それと同時にわかり合えそうにないことも確信できた。しかし、それに対して意見を述べたのは麻里だった。

「あのさぁ、宮本さんの言う勝利する可能性だけど、何をもって勝利というわけ？」

「それはもちろん、オビックが地球に対して侵攻してきた場合に、その攻撃を排除し、人類の生命財産、いや自由を確保し続けることです」

「そんなの何の説明にもなっていないじゃない。そもそもあなたはいまの状況を侵攻と考えているの？　いや、こう言えばわかるかな、オビックが何を考えているのかまったくわからないのに、その行動が侵攻なのかどうか、なぜわかるのよ」

「意図は関係ありません。侵攻かどうかは行動だけで判断すべきじゃないですか」

それを聞くと、麻里は腕を組んだ。

「隆二がさ、チューバーを全滅させちゃったけど、これは侵攻なの？　石をぶつけて先に手を出したのはこっちなのよ。向こうさんから見れば、食料も水も提供しているのに、どうしてチューバーを全滅させたのかってことになるんじゃない？」

「個別事例と文明の衝突は同列に語ることはできないでしょ！」

「それは宮本さんの解釈よね。何度も言ってるけど、オビックって何を考えているかわからない。地球に来た理由も含めてね。

彼らの文明では、我々がとったような行動と社会レベルの軍事活動は、シームレスに解釈されるものかもしれないでしょ。

人類だってそうじゃない？　自国民が拉致されたことを理由に、大軍が動くようなことは珍しくない。これも個別事例と大軍の動きは別物というわけ？」

「だったら相川さんはどう考えているの？」

「質問をしているのは、わ・た・し。宮本さんはそれに明快な返答をしていない。質問に質問で返すのは誠実な態度とは思えませんね」

宮本が黙っているので麻里は畳み掛ける。彼女には宮本の高圧的な態度が我慢ならないらしい。

「あなたは自由を確保するって言ったけど、これだってそんな単純な話じゃないでしょ。

そもそもオビックと人類はどのような関係を築くのか？　そうした戦略がまずなければならないし、侵攻云々というのは、その戦略の中で想定される一つの状況に過ぎない。言い換えるなら、それは関係性構築という戦略の中の一つの手段でしかないでしょ。

そういう戦略を無視してさ、オビックが侵攻したらどうするかなんてのは、論の立て方が無茶苦茶よ。手段は所詮、手段に過ぎない。手段を自己目的化するのは愚策。たとえば自由っていうなら、オビックと戦うために世界が全体主義化したら、市民の自由はオビックではなく、人間が奪うことになる。それはどうなの？　まぁ、あなたからの返答が知りたいわけじゃないけど」

空自の幹部でもある宮本にとって、麻里の指摘はまったく予想外のものであったらしい。何よりも軍事の素人と思われる麻里に対して、自分が有効な反論をできなかったことがかなりのショックであるようだ。彼女は何かを考えるかのように、三人とは距離を置いて後ろを歩いている。

「麻里、よくあんな話がスラスラ出てくるな」

「こう見えても経営者ですから。親父の会社も実質的に私が経営者なの。こういう世の中だから建築とか不動産は戦略なしだとやってけないのよ」

「それでも一等空佐相手に物怖《ものお》じしないんだから凄いよ」

「慣れてるから、防衛庁の人は」

それは武山が初めて聞く話だった。

「どういうこと？」

「具体的な話は守秘義務があるから言えないけど、うちも地元ではそこそこ顔が利く会社なんで、防衛省の地方防衛局の仕事も受注してる」

「へぇ、そうなんだ」

友人らの実家のことなど、高校時代の知識からアップデートできていない。それだけの歳月が流れたのか。

「麻里のおじさんのところは凄いぞ。俺は婚約者だから見せてもらえたけど、古い戦車の車体にロボットの上半身を乗せたような建設機械があって、馬力と繊細さが必要な作業を人間の一〇倍の速さでこなせるんだ」

「卓二、余計なことは言わない！　地球に戻るんだろ！」

麻里に言われると、卓二は叱られた犬のように大人しくなった。ただ武山は麻里の人間としての強さを思う。オシリスでも仕事の秘密を口にしないのは、自分たちはいつかオシリスから地球に戻るという強い信念があればこそなのだろう。

食料と水とチューバーの残骸という金属資源は確保できたものの、四人は微妙な空気のまま拠点に戻る。

少しばかり懸念されていたのは、山岡一人の拠点をチューバーが襲撃することだが、幸いにもそれはなかった。そうした戦術をオビックは知らないのか、あるいはたかだか五人の人間相手にそこまでする必要はないと判断しているのか。ともかく山岡は特に何もせずに、拠点の入り口に立っている。

「おかえり」

山岡の反応はこれだけだった。それはここしばらくの光景だった。しかし、彼の反応が変わったのは、武山や宮本がチューバーの残骸を置いた時だった。

「あああああーーあああーーあぁーー」

山岡は急に上を向くと、その場でダンスでも踊るように回り始め、足が絡まって倒れ込む。そして地面を転がり始めた。

宮本が咄嗟《とっさ》に助けようとしたが、すぐに短い悲鳴をあげた。

「どういうこと！」

山岡の口や鼻や耳から、ミリマシンが流れるように現れる。それらは一つの流れになって、チューバーの残骸へと向かっていた。

武山はすぐにそれをもっと遠くに放り投げた。直感で、ミリマシンがチューバーの残骸を蘇らせようとしていると感じたためだ。その予想は当たっていたようで、ミリマシンの流れはチューバーの残骸を追うように方向を変えていた。

しかし、あるところまで山岡から離れると、そのまま電池でも切れたかのように動かなくなった。武山はそれを見て、投げたチューバーの刀の部分をもう一度手にとると、山岡の近くに持っていく。

山岡であったものは、すでにミリマシンの塊になっていた。その一部が刀の方に枝を伸ばしてきた。武山はそれを確認すると刀を山岡から離した。ミリマシンの枝はしばらく刀を追っていたが、やはり途中で動かなくなった。

「密度だ！　ミリマシンは一定以下の密度だと、集団での行動ができなくなるんだ！」

その声に反応したわけでもないだろうが、伸び切ったミリマシンの集団は後ろに下がって再び一つの塊になった。そしてすぐに球体となった。山岡の骨も着衣も何も残らず、すべてが一つのミリマシンの球体となったのだ。

球体があるべき形状なのか、それは周囲の光を受けて七色の輝きを帯びていた。光の波長レベルの規則正しい形状が表面に形成されているのだろう。

ミリマシンの球体は直径七〇センチほどになると、武山たちがいままで歩いてきた地下通路を水場に向かって転がっていく。麻里も卓二も大急ぎで球体を避《よ》けた。そして球体はそのまま視界から消えていった。

「山岡って……人間じゃなかったんだ」

麻里のつぶやきは、周囲の人間の思いを代弁したものだったが、同時に誰もが耳にしたくない事実でもあった。

山岡は確かに反応がおかしかった。ミリマシンの集合体により再構築された人間と解釈すれば、筋は通る。

だが問題はそこではない。突然現れた自衛官という点では宮本も山岡と変わらない。さらに言えば、武山も麻里も卓二も廃ホテルからオシリスまでの行程に関して記憶の不一致点が多い。何よりも三人が三人とも、自分以外の人間がチューバーに殺されたという記憶がある。

そして武山の記憶に限れば、麻里や卓二の肉体にはミリマシンが侵食していた。その記憶といまの現実にどう折り合いをつけるのか？

「私たちは人間よ」

麻里がそう宣言する。

「もしも山岡と同類だったら、チューバーの残骸を見て同じように反応したはずだもの。でも私たちにはミリマシンは反応していない。生活の中での人としての反応も、山岡だけは違っていた」

麻里が武山に先を続けるようにと、視線を向ける。技術者として、自分たちが人間であることの根拠を補強しろというのだろう。

「麻里と卓二と僕は、高校の同級生で共通の記憶がある。自分たちしか知らないはずの記憶も共通していた。ミリマシンが仮に人間そっくりな何かを作り上げる能力があったとしても、高校時代の記憶まで再現できる可能性はほぼないだろう。

オビックがミリマシンで人体の構造を解析できたとしても、人間の意識までは解析できないだろう。だから我々については人間だ。

宮本さんについては、我々三人は知らないし、共通する歴史もありません。ただ山岡と比較して議論もできるし、チューバーの残骸を抱えても何も起こらなかった。また持参してきた道具類は本物だった。したがって人間であると判断できます」

宮本は、自分が人間かどうかを武山らに判定されるのが明らかに不愉快なのがわかった。そういう表情ができるのだから、宮本はやはり人間だ。

ただ不快に思うものの、現在の状況ではこうした流れになるのは仕方がないと納得もしているようだ。宮本がオシリスにやってきた話が事実としても、武山たちに確認する術はない。

それに武山も麻里と程度の差はあれ、やはり宮本を疑ってしまう部分はある。

「ともかく、これで地球に帰還するためにも、まずここから通信を送る方法を考えることね。山岡のような複製人間がすでに地球で活動しているかもしれないから」

確かに宮本の言うとおり、オビックの複製人間が山岡だけとは限らない。人間と信じていた者がオビックのロボットならば、何が起こるかわからない。

「でも、それがオビックの目的なら？」

宮本に反論するのが自分の役割と考えているわけでもなかろうが、麻里はその意見に異を唱えた。

「オシリスはわかっている範囲で、オビックの拠点よね。それなのにオビックが用意できた複製人間は一体。しかも原因はわからないけど、お世辞にも性能が良いとは言えなかった。たぶんオビックは複製は作れるものの、人間についてほとんど何もわかっていない。オビックの能力をもってしても、人間の劣化コピー一つを作り上げるのが限界なんだと思う。それなのに我々が、オビックは人間の複製を製作し、人間社会に送り込むことができると通信を送ったらどうなるか？」

「どうなると言うの？」

「まず、宮本さんの扱いはわからないけど、我々三人は地元では行方不明となっている。それはそうよね、オシリスの中にいるんだから。

さて、何らかの方法でオシリスから地球に向けてメッセージを送れたとする。信憑性を担保するために、ここにいる四人の個人情報を公開することになる。行方不明の人間がオシリスから通信を送ってきた人間と一致すると、個人情報で確認できる。ここまではいい？」

宮本はうなずくことで麻里に先を促す。

「行方不明の四人と名乗る人間が、通信を送ってくる。その内容は、オビックは人間の複製を作り出し、人間世界に潜り込ませることができる、だ。

この場合、人間の複製ができるということを信じられたとしたら、我々が本当の人間であることを個人情報を担保に証明できなくなる。複製なんだから個人情報も手に入れていると判断するのは妥当でしょう。個人情報を知ってることは本物の証明にはならない。我々が提供しようとしている情報は、そう解釈される危険がある。

でも、それ以上に問題なのは、複製の可能性を知らせることで、世界を疑心暗鬼に陥らせることよ。地上で何が起きているかわからないけど、山岡みたいなものが現れるんだから、何らかの戦闘は起きているはず。

だとするとみんなオビックに対して神経過敏になってるはずよ。宇宙人が地球侵略に来たと解釈しているだろうから。

そんな時に、あなたの隣人は宇宙人が作った複製人間かもしれませんなんて情報を流したら、社会秩序が維持できるかどうかもわからない」

「地球の同胞に警告をしないというの？」

「警告そのものが、我々に対する信頼性を揺るがせるということ。しかも、あなたが言うようにすでに地球で複製人間が活動しているなら、ますます我々の通信の信憑性は疑問符がついて迎えられるのよ」

宮本は、必ずしも麻里の意見に同意しているわけではなかったが、ここで争うのも馬鹿げていると思ったようだった。

「相川さんの意見が正しいとしても、地球はオシリスからの通信は無視しないはず。通信手段の確保は、我々からの情報だけでなく、我々が地球からの情報を得るための手段でもある。だからこそ我々はそれを確保しなければならないと」

「その通りね」

麻里は熱のない声で同意した。

8　防空戦闘

二〇三X年六月一日・筑波宇宙センター

天体観測の専門家として、筑波宇宙センター第三管制室の観測班長として勤務していた長嶋和穂二等空尉は、ここしばらくまともに自宅にも戻れない日々を過ごしていた。異動が急な話だったために、防衛省が手配してくれたのはつくば駅近くの賃貸マンションだった。

空きがある駐車場はマンションからは不便な場所で、筑波宇宙センターへは自家用車よりも歩くほうが早いくらいだった。だから自家用車は持っていない。とはいえ歩くとなればそこそこ時間はかかる。

そして仕事は多忙を極め、ちょっと自宅に戻る時間的余裕もない。結果として宇宙センター内の仮眠室と第三管制室の間を往復するような生活が続いていた。

そんな中で長嶋は、かつての上官であり同志でもあった加瀬修造から相談を受けた。加瀬はアメリカにおり、リモートでの相談だ。長嶋自身は知らなかったが、JAXAがIAPOのメンバー資格を有するため、自動的に長嶋もIAPOのメンバーなのであるという。だから資格条項やら機密管理条項に関する煩雑《はんざつ》な手続きは省略できた。

もっともIAPOという組織が急拡大している結果、加瀬のように組織の意思決定に与《くみ》するメンバーもいれば、純粋に専門職の資格でメンバーになっている者もいた。加瀬から長嶋への接触は可能だが、逆を行うにはかなり面倒な手続きが予想された。

「お互い忙しい立場だから、用件に入る。長嶋の意見を聞かせてほしい。ゲートウエイを動かしたい。そっちで支援可能か？」

いきなりゲートウエイと言われて、長嶋は加瀬が何を言ってるかわからなかった。ネットワークのゲートウエイかと最初に思ったからだ。

だが、もう一つの存在を彼女は思い出した。NASAのアルテミス計画で月の極軌道に置かれている宇宙ステーションの名前がゲートウエイだ。ほぼ完成しているが、無人運転の最中で有人活動はまだ実施されていない。今回のオビック騒動で月面探査計画そのものが停止していたはずだ。

「月の極軌道にあるゲートウエイステーションを地球軌道まで移動しようということです

か？」

「オシリス監視のために、そうした計画が検討されている。そっちのＨＴＶＸ８が現在人類が持つほぼ唯一、宇宙からオシリスを監視できる施設だ。しかし、それだけというのはあまりにもリスクが高い。

だからゲートウエイを移動させ、第二の監視拠点を準備する。ＨＴＶＸ８を有人施設にするには、追加モジュールとか手間がかかるが、ゲートウエイなら無人も有人も両方いける」

オビックはどのような基準かはわからないが、有人宇宙船には攻撃性を示したものの、無人でロボット運用を続けているＨＴＶＸ８に関しては、その活動を放置していた。それは月のゲートウエイステーションも同様だった。

もっともゲートウエイに関していえば、月の軌道上にあり、距離が遠すぎるという点も干渉しない理由といわれている。加瀬は続ける。

「ゲートウエイステーションにブースターを取り付け、軌道を変更する。ついでにロボットも載せて、可能な限り接近してオシリスを監視する。可能性は低いが、コンタクトも試みる」

「それは不滅号のデータ収集も兼ねてるんですか？」

その指摘に、加瀬は画面の中で手を叩いて喜んだ。

「長嶋もこっち来ないか。美星の時もそうだったが、こういう状況だ、阿吽《あうん》の呼吸で仕事ができる人材が絶対的に不足してるんだ。それこそ世界規模で」

「そんな重要な話、いきなり振られても困ります。それにこっちはこっちでいい雰囲気で仕事してるんです。阿吽の呼吸で話が通じるのはこっちにもいるんでね。

それはそれとして、ゲートウエイの管制補助は可能です。実はHTVX8は無人なので、ロボットを使って生命維持装置とか実験装置のいくつかからコンピューターユニットを引っこ抜いて、空いてるラックに突き刺して、独立したシステムを一つ組み上げました。OSは共通なんでAIをダウンロードして、スタンドアロンでHTVX8を制御しようと準備していたんです。オシリスの動きに何かあれば即応できるように。これがうまくいったら管制の負担は下がるので、ゲートウエイの面倒を見る余力が生まれます」

「ねぇ、長嶋さん、そのシステムとAIのデータ、IAPOにいただけませんか？　人類存亡の時ですから」

「いいですよ。それを見ればこっちのスタッフの能力もわかるでしょ。これ、加瀬さんに貸しですからね」

「了解。長嶋さん、英語も堪能だったよね。ならね、なんかあったら言ってくれ。たぶん、俺のところでそっちのスタッフ全員の面倒は見られると思う。なんせ人材の取り合いは世界規模で起きているからな。

ここだけの話、海外から見れば日本は人材の狩場だ。能力は高いのに薄給でこき使われている人間が多すぎるからな。それじゃ、ゲートウェイの方はそっちも戦力に組み込んでおくね」

そう言って加瀬の姿は画面から消えた。長嶋は不思議な気持ちになる。加瀬のようにチーム丸ごとの勧誘は初めてだったが、長嶋個人はすでにＮＩＲＣや海外の研究機関からオファーが来ていた。オビックの存在により宇宙関連の専門知識を持った人材の囲い込みと争奪戦が水面下で進行していることを、長嶋も最近ははっきりと感じていた。

ただ彼女自身の身分は現時点では空自の幹部であり、その関係で色々な話も聞こえてくる。どうも政府は『指定高度技術従事者徴用法』のような法案を準備しているらしい。オビックの登場は、地球人類全体に危機感を抱かせた。この危機感からＩＡＰＯのように国家を超えた研究機関も誕生した。

しかし、ＩＡＰＯの具体的な活動を含め、オビックの存在は人類全体の問題であるはずなのに、起きているのは国家主権を強化する動きだった。これは二つの意味があった。一つはオビックが人類全体の問題であるという建前から、国民の多くが国家主権を溶かそうとする方向に動きつつあったことだ。

典型的なのがサプライチェーンの混乱で、レアメタルなどの価格高騰の結果、時には密輸まがいの取引さえ平然と行われていた。厄介なのは、そうした密輸を黙認しないと政府機関や軍隊の発注調達が円滑に進まないという現実があることだった。

またIAPO関係者の国家間の移動も時には入管審査を無視するような場面があり、このことが国家間の問題になることも起きていた。

もう一つは、このこととも関連するが、国家機関とは基本的に体制を維持する機構であるため、国家主権を弱めるような動きには敏感に反応するということだった。これはもちろんそのまま国際政治の話となる。

加瀬の場合も、NIRCの人間ではあるものの、働いているのはアメリカであり人脈も豊富であるから、アメリカの国益に合致する異動はまだしも容易だった。

数十年にわたり、博士号取得者を扱えるマネジメント能力の欠如から、企業が加瀬のような高度技術人材の雇用に消極的だった日本で、『指定高度技術従事者徴用法』のような法律で人材を囲い込んでも失敗するのは目に見えている。関係機関への人員配置を決めるのは、科学にも技術にも疎《うと》い素人の官僚や防衛省幹部なのだ。

一方で、IAPOの発足以降、日本の高度技術人材が海外（主としてアメリカ）に渡航や移住するという事実に対して、さすがに彼らも危機感を抱いているらしい。

第三管制室のメンバーは、JAXAサイドは半分徴用されたようなものだし、長嶋は空自の幹部という立場だ。だから自分たちに限れば、この法律が実際に施行されても影響はほぼないだろう。ただそれゆえに、いまは動けない時期だとも言える。

仮にどこかの研究機関に異動してから徴用されたら、どこに配属されるかわかったものじゃない。研究のパフォーマンスが低下するのは避けられまい。それは国家的な損失だが、人選をした連中は決して責任を負うことはない。

それでも加瀬の申し出について長嶋はしばらく考えていた。加瀬はNIRCの何かのプロジェクトの執行役員として北米域を統括しているらしい。徴用とか徴兵というのは、例外規定と表裏一体で、必ず「誰が徴用されないのか」あるいは「誰が徴兵を免除されるのか」というリストが作られる。だから加瀬のプロジェクトにチームごと異動すれば、あちらは合衆国政府ともパイプがあるので「徴用されないリスト」に名前を連ねることは可能かもしれない。

何が自分とチームにとって最善なのか、それはまだわからない。加瀬のように能力が高くて、世界のどこにでも通用する人間なら、こうした葛藤はないのかもしれない。長嶋がそこまで吹っ切るには、なお躊躇《ためら》いがある。

そうしている間にもHTVX8とオシリスの接近時間が迫る。このデータはIDSPを介してIAPO関係機関には同時配信されている。

「高感度カメラスタンバイ」

高円寺の声とともにHTVX8のカメラ映像が表示される。IAPOにデータを公開するメリットの一つは、そのデータから改善案が入手できることだった。いまのカメラ映像にしても、フランスのチームが中心となってソフトウエアを改善し、ハードウエアはまったく同じなのに、解像度が向上していた。ロボットの搭載カメラの映像も用いてコンピュータにより補正をかけているのだという。

そうして浮かび上がった映像に、長嶋や天草も息を呑んだ。

「増殖している……宇宙船が」

いままで二四隻と思われていた宇宙船は、解像度の向上でそれ以外のものも明らかになった。二四隻の間に、別に建造途中らしい多数の宇宙船らしきものが認められた。

科学者として長嶋は、オシリスで発見されたものを「宇宙船らしきもの」と報告していた。宇宙船かどうかはわからないからだ。しかし、すでに日本政府をはじめとして、各国政府は彼女らが発見したものを、「宇宙船」として扱っていた。国際政治の中では、科学的厳密さなど誰も気にしていないということだ。

「天草、過去データ出して、解像度も補正して」

天草は長嶋の意図をすぐに理解し、データを表示する。それはＨＴＶＸ８が接近するごとの宇宙船の変化であった。時系列で表示すると、二四隻の宇宙船はオシリスの表面で移動し配置を変えており、移動により生まれた空間で新たな宇宙船を建造しているらしい。

よく見れば宇宙船が林立するオシリスの表面は、宇宙船が移動しているだけではなく、周辺部が駐車場のように平坦化されている。発射台の建設なのか、新たな施設の建設なのか、そこまではわからない。

ただオシリス表面を削った土砂だけでは、全長五〇メートルの宇宙船を建造するには明らかに不足だった。

じじつ発射台のように整地された領域は数日前から拡張されていない。いままでこのような活動が解析できなかったのは、画像解析ソフトの問題だった。そもそもＨＴＶＸ８に搭載している望遠鏡にしても、オシリスのような近距離の天体を観測するためのものではない。監視のための位置関係も最適とはいえず、本来の用途ではないものを転用しての観測であり、データの精度にはそもそも限度があった。

むしろオビックが何らかのアクションを起こす前に兆候を察知できたことを、僥倖《ぎょうこう》とすべきかもしれない。

「長嶋ぁ、いまちょっと計算したんだけど」

天草が口調とは裏腹に真剣な表情で言う。

「あの整地されたところに、完成した宇宙船と同じ間隔で宇宙船を配置するなら、総数は四八隻まで建造可能。それで過去データから四八隻の宇宙船がすべて完成するまでの時間を計算すると、最短で一週間後、日本時間で六月八日となる」

「一週間……」

長嶋はカレンダーに目をやる。

「どうやら加瀬さんの世話になる時間的余裕はなさそうね」

二〇三X年六月七日・巡視船ひぜん

「船長、七六ミリのソフトウエア更新完了しました」

巡視船ひぜんの大久保《おおくぼ》理人《まさと》船長の元に砲術科の山下修《やましたおさむ》砲術長から、船長席の正面にあるモニターに報告が入った。オビックの存在が明らかになったことで、巡視船ひぜんの周囲も騒がしい。通信系統や武装について追加装備が増えているからだ。

「この火器管制ソフトで本当に宇宙船を迎撃できるのか？」

「できるって言うからにはできるんじゃないですか？」

大久保の問いかけに山下の返答は何とも無責任に聞こえた。ただそれは山下のせいではない。

「通常弾で宇宙船迎撃も可能とする火器管制ソフトの有効性なんて、誰にもわかりませんよ。宇宙船がどれだけの速度でやってくるかも不明なんですから。ただ標的は大きいので、一定速度以下で、本船より一六キロ以内を通過してくれたら当たるのは確かでしょう。

他にも武器はあるんです。どれか一つくらい役に立つんじゃないですか」

山下が言うように、巡視船ひぜんの武装は強化されている。それらはオビックの地球侵攻に備えるとなっていたが、どう考えてもオビック問題以前に購入されて埃をかぶっていたようなものもある。

たとえば、日本の領海にオビックが侵攻した場合の装備として自爆ドローンがあった。

国産には間違いないみたいだが、出所ははっきりしない。国土交通省ではないというのだが、防衛省から流れてきたのか、防衛産業に携わる企業から提供されたのか、そのあたりのことは大久保も説明されていない。ともかく機首のカメラが宇宙船を察知したら爆弾を抱えて体当たりするというものだ。

これが提供されたのは巡視船ひぜんにはドローン運用能力があるためだが、決定した人間は、どこのどんなドローンでも同じく運用できると考えているのだろう。確かに発射はできると思うが、そこから先はカタログ通りに動いてくれることを期待するよりない。武装の強化も内実はこんなものだった。

「まぁ、でも大丈夫ですよ、船長。こんな武器を使うことはないでしょう。オビックか何か知りませんけど、無人島に何しにくるんですか」

「まぁ、そうなんだよな」

大久保も山下に反論できない。というよりも同意見だ。とはいえ任務は任務だ。オビックが尖閣諸島を無価値と解釈しても、周辺国はそうではない。そして自分たちが何のためにいるかといえば、オビック相手ではなく、人間相手なのだ。

巡視船ひぜんの立ち位置は、大久保から見ればなかなか面倒なことになっている。IAPOの観測では、オビックがオシリスで宇宙船を四八隻建造し、それらが地球に降下する可能性が高いという（侵攻するという用語は各国政府の報道機関への働きかけで使われていない）。

それに対して各国政府が連携して地球規模の防空システムを構築すべきという意見はあったが、現実はそうはならなかった。ある意味当然ではあるが、主要国はあくまでも自国の防衛を最優先し、相応の対策をとっていた。

んでいた。

ただこの「自国を防衛する」という文言は、帰属について周辺国と揉めている領域も含
たとえば、北方領土については北方域の防空エリア内に含めることで、日本としては主権を主張していたが、それはロシアも同様だった。ただ日露双方とも、北方領土をオビックが侵攻する可能性は低いとの認識から、それ以上の動きはなかった。

それ以上に厄介なのは、尖閣諸島の防衛だった。

ここは無人島であり、どう考えてもオビックが侵攻することはあり得ない。さらに本国の防衛を優先するとなれば、貴重な防空戦力をここに割くわけにはいかない。実際のところ宮古島や石垣島に駐屯している自衛隊の高射特科群が担当するので、特別に戦力を配備する必要はなかった。

しかし、台湾海峡がらみの問題で、中国や台湾が艦艇を派遣する動きがあった。自国の領土だから防衛するという姿勢を示すため、必然的に巡視船ひぜんが尖閣諸島に配備されることとなった。

そんなことを考えながら、大久保は船長席のモニターをレーダーの画面に切り替える。ひぜんを中心とした画面の中に船舶が一隻航行している。レーダー付属のＡＩはこの一隻が中国のZHAOTOU級であることを記している。

る。ZHAOTOU級は排水量も含め、概《おおむ》ね巡視船ひぜんと同等の性能の中国海警局の船であ
る。というより、理由の全てではないにせよ、ZHAOTOU級の存在が巡視船ひぜん建造の推進力になったのは確かだ。

「航海長、この船は何かわかるか？」

航海長の菊水《きくすい》の顔がレーダー画面の隅に現れる。

「ZHAOTOU級の個艦識別が可能かということですか？　イメージングレーダーでもそこまではわかりませんね」

「ということは、特別に兵装を増やしたりはしていないわけか」

「確率九六パーセントで、ZHAOTOU級と出るのはそういうことでしょう」

「ってことは、あちらさんもこちらと同じか」

海警局の船が主砲の火器管制システムを宇宙船迎撃に対応したソフトに書き換えたのかは知らないが、自分たちの役割は主権の誇示であって宇宙船迎撃ではない。つまりは人類対人類の枠内での任務である。

「宇宙人が来るかもしれない時に、俺たちは何をしてるんだろうな」

二〇三X年六月八日・護衛艦なち

「攻撃があるとしたら、一両日中か」

　護衛艦なちの標準CICの中で、西田純一《にしだじゆんいち》一等海佐はその時を待っていた。JAXAの情報では、オシリスで建造中の四八隻の宇宙船が全て完成するのは、早ければ六月八日の今日であるという。さすがに何時何分かまではわからない。こういう場合は、「いつ攻撃されても」と考える方が安全だ。

　標準CICは円形の部屋で、西田はその中心にいた。彼の正面のモニターには護衛艦なちを中心とする日本地図が描かれていたが、それはミサイル護衛艦が紀伊半島沖に展開していることを示していた。

　なち型汎用ミサイル護衛艦は房総半島沖にあおばが、紀伊半島沖になちが、そして日向《ひゅうが》灘《なだ》沖合にふるたかが展開していた。日本海側も同様になち型三隻が南北に展開しており、首都圏から名古屋、大阪などの大都市圏の防空にあたっていた。

　もちろん対空戦闘配備に就いている護衛艦はこの六隻だけでなく、イージス艦や、対空戦闘能力を向上させたあきづき型以降の汎用護衛艦も適宜配備され、こうした護衛艦により日本列島は囲まれているような状態だった。

　列島内でも都市部近郊を中心に三三式中距離地対空誘導弾が展開されていた。これらの対空ミサイルも政令指定都市を中心に大都市圏の防衛のために配備されていた。なち型に搭載されている中距離地対空誘導弾も基本的にはコスト削減のための共通化方針に従い、三三式とほぼ同じものだ。

こうした自衛隊の陸海のミサイル部隊配置とは別に、在日米軍の部隊配置もＣＩＣのモニターに表示されていた。これは日米間の協定で、明らかに米本土に向かう宇宙船が日本の領空を通過した場合には自衛隊がそれを迎撃し、日本に向かうであろう宇宙船が合衆国本土上空を通過する場合には米軍がそれを迎撃することになっていた。

防衛省なり政府安全保障会議などでは世界地図上にそうしたものが表示されているのだろうが、護衛艦なちのＣＩＣで表示されるのは比較的ローカルな領域だ。

「嘉手納《かでな》の宇宙軍の情報はないままか？」

西田は船務長の三木宗徳《みきむねのり》二等海佐に確認を求めた。彼はなちの副長も兼務している。名実ともにナンバーツーのポジションだ。

「ありませんね。成層圏偵察機の情報は空白のもので、嘉手納の米軍機のものではありません。在日米軍の宇宙軍部隊は本国に引き揚げたのでは？　日本にいてもすることはありませんからね。基本、あちらさんが自国の部隊をどう動かそうと、主権の範疇ですからね」

「船務長は随分と寛大なんだな、米軍に」

「寛大とかそういうのじゃなくて、必要以上の期待はしないって話です。艦長はアリカントのことを気にしてるんですか？」

「この状況では気にならんほうがおかしいだろ」

三木船務長のいうアリカントとは米宇宙軍のALicantoのことだ。南アメリカの怪鳥の名前だが、意味があるのは最初の二文字、ＡとＬだ。ＡＬは米軍の分類ではレーザー兵器搭載攻撃機を表す。

ただペンタゴンはそのような航空機が存在することを公式に（否定もしていないが）認めたことはなく、ALicantoなるレーザー砲搭載の航空機が存在するかどうかは謎だった。防衛省でさえ正式には確認できておらず、幾つかの断片情報から二機か三機製造され、少なくとも一機は嘉手納基地で試験運用されているということだけだった。ＩＤＳＰでもこの航空機に関するデータは感知されていない。

「でも艦長、全長五〇メートルの飛行物体なら、レーザーよりミサイルの方が確実ですよ。試験艦からつもレーザーで衛星迎撃しましたけど、あれだって蓄電池だけで二〇〇〇トンだったといいますよ。飛行機で調達可能なエネルギーレベルのレーザーじゃ役に立たんでしょう。列島周辺では、なち型六隻以上の防空火力なんてありませんよ」

この時、海上自衛隊の汎用ミサイル搭載護衛艦（ＤＤＧＰ）なち型は六隻建造されていた。ネームシップのなちのほかに、あおば、ふるたか、いぶき、あそ、かこの計六隻である。海上自衛隊にはミサイル護衛艦は多数あるが、この六隻は武器庫と呼ばれるほど各種ミサイルを搭載し、特に対空ミサイルは充実していた。六隻の所属は第八護衛隊群ではあったが、ほとんどの場合、単独での運用か他の部隊への編入が想定されているため、帰属部隊の意味は経理会計の都合がほとんどだった。

なち型が建造された経緯は米国防総省からの要望なども加味された複雑なものであるが、一般的には弾道ミサイル防衛艦として認知されていた。

そういうわけであるから、オビックの宇宙船建造が進んでいるという情報から、各国は自国の防空整備に追われることとなった。それまでは世界各国が地球を守るという建前であったのだが（少なくとも自国防衛だけを優先すると公言はしない）、オビックの存在がわかってわずか数ヶ月で、宇宙船が地球に降下するとなると、そうした建前も雲散霧消した。

もちろん「軌道上で迎撃するから地球防衛である」とか「オビックの攻略目的は先進工業国であるから、それらを防衛することがオビックの企図を挫《くじ》くことになる」との説明はされた。それでもオシリスにむけて話し合いのメッセージは送られていたし、安全に着陸できる宇宙船の数の制限と場所の指定もなされていたが、返信はなかった。

そしていままでは宇宙船を降下させたなら、戦闘行為とみなして撃墜するとのメッセージが送られていた。

このメッセージについても賛否両論が各国であったのだが、そもそも人類のメッセージをオビックがどう認識しているのかという肝心の事実関係が不明の中では、結論が出るはずもなかった。

ただ仮にオビックと戦闘となった場合には、地球上の工業生産設備を可能な限り無傷で守らねばならず、そうなると先進工業国の防空こそ万全にすべきという意見が当事国を中心に主流となった。

現実に、対空防衛用のミサイルなどを保有したり生産できる国は宇宙産業も持っているので、その意見には説得力はあったものの、いわゆるグローバルサウス諸国には強い不信感を植え付けることとなった。ただグローバルサウスに分類される国でも、対空ミサイルの生産が可能な国とそうでない国があり、それによる温度差も存在した。さらに生産はしていないが多数保有している国や地域と、そうではない領域との格差という問題も表面化していた。

極端な事例では政府軍と反政府軍で内戦状態にある某国では、首都を防衛する中距離対空ミサイル施設をロケット弾で攻撃して破壊するようなことも起きていた。オビック侵攻で政府側が無傷で、中距離ミサイルを持たない反政府軍側だけが攻撃された場合、事後の力関係は圧倒的に政府軍側が有利になってしまうという理屈である。

ある時点では、オビックの宇宙船侵攻も、地球防衛よりも現政権への支持率を上げるために危機感を煽るような形でメディアに流れていた。国威発揚も含め多く喧伝されたのは、民兵や歩兵の集団が携帯式防空ミサイルシステムを片手に、山岳やビルの屋上に陣取り、空を睨むような勇ましい構図のものであった。

確かに推定五〇メートルの宇宙船に携帯式防空ミサイルを何発も撃ち込めばダメージを与えることは可能だが、もしもオビックに敵意のようなものがあったとしたら、射程距離が五キロ、六キロという水準のミサイルを撃ち込む前に攻撃がなされているだろう。

結果として、それぞれの国や領域を支配するグループが自分たちで可能な対空戦闘準備を進める中で、攻撃されるのは工業基盤を持つ先進国であろうという常識的な感想に落ち着くのであった。だからこそ、そうではない国や地域はオビック侵攻という状況を国内問題解決の手段にしようとしたのであった。

オビック問題を、内乱や政権の動揺など国内政治の懸案事項解決に利用するという発想は、必ずしも不思議ではない。オビックの脅威を戦略的に解析できる国はあまり多くない。ほとんどの国がオビック問題にどう対処すべきか途方に暮れているのが現実だった。言い換えれば、国内問題という理解可能な課題に矮小化することで、自分たちの無力さを認めないという態度である。要するに精神的な逃避だった。

「オシリスに異変が起こりました！」

三木船務長からの報告がＣＩＣのモニターに表示されたのは、日本時間の六月八日二一時三五分のことだった。それはＩＤＳＰ経由の情報だったが、ＨＴＶＸ８のデータではなく、地球低軌道を周回している数万のインターネット用の通信衛星群のものだった。汎用護衛艦なら通信長が報告するところだが、乗員五〇名の汎用ミサイル護衛艦では、そうした部門も船務長の職掌にあった。

「あんなシステムでもちゃんと機能するのか」

西田艦長の感想は、オシリスの活動より、やっつけ仕事で完成した監視システムが設計通りに機能したことだった。

このやっつけ仕事の監視システムは、ＩＡＰＯの働きかけもあり、インターネット衛星からパケット通信の空いた瞬間を利用して、オシリスに対して電波を送信する衛星とその反射波を受信する衛星を割り振るようにしたのである。

これらの衛星群は、フェイズドアレイレーダーを搭載しているが、数万の衛星がオシリスに対して適切な位置関係で信号送信を行うことで、その衛星の位置関係と時刻データを集積し、しかるべき演算処理を経て、オシリスの動きを監視するものだった。

こうした運用はIAPOの発足時から計画され、ソフトウエア開発も進められていたが、実施は容易ではなかった。衛星インターネットの衛星群に対して、外部からの介入は「通信の秘密」や「思想・信条の自由」にかかわるという問題があるほか、各国政府も利用しているという現実があった。さらに衛星インターネットによるオシリス監視はIAPOが行うのか、それ以外の機関が行うのか？　など技術以外に解決すべき問題が噴出していた。

だがこうした難問もオシリスで宇宙船が建造されているという報告から、なし崩し的に「IAPOが担当してオシリス関連の情報のみを扱い、公開する」という内容で妥協が成立し、運用が始まっていた。わずか三日前のことであった。システムが機能していることに西田が感心したのはこうした理由からだった。

CICにあるIDSPのデータ専用モニターには地球とオシリスの位置関係が表示され、そこから六隻の物体が分離した様子が図式化されていた。

「現時点では降下場所は不明です。第一宇宙速度を維持し、軌道上には留まれます」

それが意味するところは西田にもすぐわかった。オビックの宇宙船の目的地がどこであれ、地表に同時侵攻しようとすれば、オシリスから同時に分離するとは思えない。オシリスから見て、真下に位置する領域と、地球の裏側に当たる領域では、宇宙船の降下経路は異なる。

もちろんエネルギー効率を無視して、大量のエネルギーを投入すればどんな位置関係でも同時に侵攻可能だが、さすがにオビックもそんな無駄な方法は選択しないようだ。

先行する六隻は、一つのグループとして軌道を下げ、オシリスを追い抜く位置関係になっていた。この状況は世界全体で共有されていた。六隻は現時点では微力ではあるが減速を続け、軌道高度を下げているようだった。計算ではこのままの減速を続けるなら大西洋上に墜落することになっていたが、いずれかの段階で推力を調整するものと思われた。

「再度、分離しました」

最初の六隻がオシリスから五〇〇〇キロ近く離れた頃、時間にして概ね三〇分後に第二陣の分離が行われた。降下手順は第一陣のそれを踏襲しているように見えた。このままの軌道で降下が続くとは思えない。現在のままでは赤道にしか着陸できないからだ。

「このサイクルなら四時間足らずで、オシリスから宇宙船の分離は完了するのか」

この調子でいくと分離は八回で、先頭から殿《しんがり》までの間隔は三万五千キロほどになる。

もっとも軌道高度が低下すれば、こうした数値も大きく変化する。

「均等に展開して、地球を包囲するつもりなのか？　どう思う、船務長」

西田は三木に意見を求めた。

「宇宙人の考えることはわかりませんが、赤道直下に降下するとしたら、降下される陸地はブラジル北部やアフリカのコンゴが中心で、大半が海洋に降下することになります。海洋降下はないと思いますから、どこかの時点で軌道を変えるはずです」

「どうして海洋に降下しないと考えるんだ、船務長？」

「オビックはずっと宇宙で活動していたじゃないですか。地上と宇宙の環境の違いは大気濃度程度です。そりゃ、真空と一気圧では環境はだいぶ違いますが、気体と液体の差はそれ以上です。オビック文明があえて海中に進出するとは思えません。兵庫県の廃ホテルの戦闘もそれを裏付けていると思いますね」

それは西田艦長には無かった視点だった。もちろんオビックの宇宙船が海底基地を建設するようなことは考えていなかったが、宇宙と地表と海中の密度の差で解釈する船務長の視点が新鮮に思えたのだ。

第二陣の分離からさらに三〇分ほどしてから第三陣の分離が行われる。今回も六隻かと思われたが一二隻の宇宙船が分離され、さらに三〇分後の第四陣でも一二隻が分離された。

ここまでで四八隻中の三六隻が分離されたことになる。

これらの三六隻はまだ高度六万キロ程度の軌道を維持している。ただ微妙な速度調整が行われ、概ね五〇〇キロほどの等間隔で一直線上に並んでいた。

西田は第五陣で残り一二隻が分離されるかと思ったが、なぜか六隻で、さらに三〇分後の第六陣ですべての宇宙船が分離を完了した。

それらはさらに三時間後には、ほぼ高度四万キロまで降下を完了させ、相互間隔は一〇〇キロ前後と、数珠繋《じゅずつな》ぎに四八隻が陣形を整えていた。

これらのデータからIAPOでも分析は行われていたが、その辺りの科学的議論については彼らの元には流れてこない。情報基盤はIDSPという同じプラットホームではあるが、階層やクラスターが異なれば、情報のやり取りは不可能だ。基本的に軍用だからこれは当然だろう。

「千歳、百里《ひゃくり》、岩国よりEWRDが発進しました」

三木の報告と同時に、西田の左手側にある日本列島を表示しているモニターに赤い記号が出現する。

「まだ高度四万だろ。EWRDを出すには早すぎないか？」

「わかりませんが、防衛省のISAが弾《はじ》き出したんじゃ？」

「まぁ、そうだろうが」

西田艦長はそれ以上の言葉を飲み込む。我々への攻撃命令もISAが出すんじゃなかろうな、という言葉を。

ＥＷＲＤとは、Early Warning Radar Drone：早期警戒観測ドローンのことだ。かつては同様の用途でＡＷＡＣＳ（Airborne Warning and Control System：空中早期警戒管制システム）という有人の大型航空機が用いられていたが、運用コストの問題とＩＤＳＰの本格的な浸透から、主流は無人機になっている。

これはＡＷＡＣＳを運用するための人材不足の問題と、自衛隊の統合運用を考えたときに、レーダーだけを航空機に搭載し、そのデータを元に各地の陸海空三自衛隊が陸上基地を統合して航空管制を行うのが合理的との判断のためだ。

ＡＷＡＣＳは管制業務と航空機の操縦に必要なので人間を搭乗させているが、管制機能は地上で行えて、ＩＤＳＰで遠隔操縦とＡＩによる自動操縦が可能なＥＷＲＤには、人間という無駄なペイロードは搭載していなかった。

このため機体はずっと小型化され、長時間の滞空が可能なほか、旅客機以上の高高度で運航していた。人間がいないので、与圧条件は機器の安定運用で十分であり、万が一の火災に備えて運用時の機内は純粋窒素で満たされていた。これらは弾道ミサイル防衛の文脈から考えられていた。

こうした無人機運用が可能となったのはIDSPの存在ゆえだった。そしてEWRDが弾道ミサイル防衛で真価を発揮するために、ISA（Integrated Situational Analysis AI：統合型状況分析AI）が「ミサイル攻撃などの緊急時には人間に助言できる機能」が備わっていた。

法律の上では即応能力確保のためにAIによる助言機能が付与されていたが、自衛隊の現場では「一刻一秒を争うときには人間の判断を仰がずに、ISAが自動的に迎撃ミサイルなどを発射すべき」との声も強かった。

ただこの問題は、本質的には技術ではなく、権限の委譲と責任であり、戦争の危険を伴う決断を誰の責任において誰に委譲するかの問題だった。だから議論自体はISAなど生まれていない昔からあり、つまり技術の問題ではないのだ。

それでも西田艦長も今回だけは、ISAからの攻撃命令が降りてくる可能性を覚悟していた。一つにはオビックの宇宙船が地球侵攻を開始したら、撃墜することがすでに各国のコンセンサスになっていたこと。宇宙船を攻撃しても、国家間の紛争にはまずならない。

さらに護衛艦たちをはじめとするミサイル護衛艦や高射隊などは防衛出動により現在の配置に就いており、それがISAから発せられた命令だろうと攻撃ができる状況になっていた。だから防衛省の一部が、ＩＳＡの命令で部隊が動く既成事実を作るために、そこから西田艦長に命令が出る可能性があった。

西田は数年前のことを思い出す。ＩＳＡが防衛省のシステムに本格導入されたときだ。共稼ぎで、さる重工のエンジニアをしている妻に、愚痴ったのだ。すべてがＡＩで動くなら、護衛艦に自分たちが乗船する意味はどこにあるのかと。それに対する妻の意見は辛辣《しんらつ》だった。

「人間の戦争なのだもの。人間が死ななければ終わらないでしょ」

それが本気なのか冗談なのか、西田はいまだに妻に確認していない。たぶん冗談だろうとは思う。ただ妻の意見は冗談としても、責任の取れないＡＩがいくら破壊されても停戦には繋がらず、結局それは流血の量で決まる。

その文脈で考えるなら、空母を除けば最大の排水量のこの護衛艦にたった五〇人しか乗っていないというのは、仮にこの艦が沈んでも、流血が少ない分、停戦には繋がらないのではないか。西田艦長は頭を振る。いまはそんな悲観的な想像をしている場合ではないのだ。

それでも四八隻の宇宙船は一列になりながら、高度を下げていく。この状況では今日明日は地球に到達しないとの判断から、西田艦長も仮眠をとる。他の乗員は三直交代、艦長は原則として二四時間勤務だが、仮眠は許されるのだ。

それに、なち型ミサイル護衛艦は他の護衛艦よりもＩＤＳＰによりしっかり管理されているので、乗員のバイタルモニターの結果が任務遂行に支障があると判断されれば、護衛隊群司令部から解任などの命令が下され、僚艦なり最寄基地にヘリコプターなどで後送される。だから本艦には医者は乗船せず、看護師しかいない。

西田は艦長室で仮眠をとる。この状況で眠れるだろうかと心配だったが、ベッドに入るとすぐに眠りにつけた。これは訓練の賜物《たまもの》か。六月九日の早朝に目覚め、簡単な朝食を摂ってからＣＩＣに入る。意識としては、ＣＩＣに帰ってきた気がした。

「相変わらずか？」

西田艦長は三木に確認する。

「自分も一時間ほど前に戻りましたが、司令部の話では徐々に高度を下げているほかは動きに変化はないそうです。ＩＡＰＯの関係機関がオシリスへの呼びかけを行なってますが、相変わらず返答はありません」

オビックの活動を人類が察知してから三ヶ月になろうとしている。その間、人類はＩＡＰＯを組織し、オビックに対する呼びかけを続けている。しかし、何の反応もない。オビックは電波ではなく、素粒子を通信に使っているかもしれないとの仮説で、各国の粒子加速器の試験データが解析されたが、いうまでもなくメッセージの痕跡はなかった。

遠い宇宙ではなく、静止軌道の倍程度の高度に存在するオビックである。電波が届かないはずもないし、地球の電波解析で言語を理解していても不思議はない。それでも返答がないというのは、コミュニケーションの意思がないということか？

西田も防大で軍事や戦史について学んだが、それらの知識もオビック相手にはほとんど通用しそうにない。彼が何よりも恐れるのは、コミュニケーションの意欲のない相手との戦闘を終わらせようとすれば、戦っているどちらかが全滅するまで続けるしかないということだ。

ＩＡＰＯによるオシリスの観測結果では、小惑星の軌道と姿勢変化から慣性能率を求めたところ、質量が極端に偏在し、計算を信じるなら内部にブラックホールを抱えているという。しかもオシリス内のエネルギーはそのブラックホールから調達可能という。

ブラックホールによるエネルギー供給、そんな技術は人類にはない。そのような相手と絶滅するまでの戦闘が続くとすれば、敗北はもちろん、勝利したとしても人類が被《こうむ》る損害は甚大だろう。

ただ一つ、人類にとって明るい要素があるとすれば、オビックの戦術が素人の域を出ないことだ。どうしてそうなのかは不明だが、西田はそのことだけに希望を抱いていた。

「宇宙船はまだ高度二万キロ周辺なのか、兵庫県の山から脱出した宇宙船は戦闘機を振り切ってオシリスに戻ったと聞いたが、随分とのんびりしたものだな」

「艦長、ゆっくりに見えますが、これでもマッハに換算すれば一〇やそこらは出ています。戦闘機を振り切った時の速度でもマッハ三程度に過ぎません」

三木船務長が訂正する。

「そういうもの……」

西田艦長がそう口にしかけた時、IDSPから宇宙船群の動きに急激な変化が起きたことへの警告が放たれる。彼は時計に目をやる。日本時間で六月九日午前八時二三分だった。

二万キロから高度を下げていた宇宙船群は、ここで編隊を組み直した。四隻、一二隻、四隻、一〇隻、一八隻、そうした小グループに分離する。

「動き出したか」

五つのグループは急激に高度を下げると、赤道上空を飛行する軌道から個別に軌道傾斜角を変え始めた。さらにそれぞれのグループ内でも微妙に軌道を変える。

先頭の四隻は比較的軌道が揃っていたが、次の一二隻は軌道の違いが顕著で、その次の四隻と類似の軌道を取るものもあった。この点では一二隻と四隻なのか、全体で一六隻なのかはわからない。これら一六隻からやや距離を置いて比較的軌道要素の等しい一〇隻、そして残りの一八隻の半数は比較的軌道が揃っていたが、残りはかなり違っていた。

「ISAによる軌道予測がでました。宇宙船のグループの順番が担当領域の経度を意味し、軌道傾斜角の相違が緯度を意味すると仮定した場合の宇宙船の侵入予測です」

船務長の声は上擦《うわず》っていたが、それもわかる。先頭の四隻は日本列島に展開する、となっていた。

現時点でピンポイントに着陸予想地点は推測できないが、日本列島地図に描かれた推定領域の赤い楕円形のエリアは関東から九州までの、いわゆる太平洋ベルト地帯を網羅していた。

「こっちの呼びかけには返答しないくせに、オビックめ、押さえるところは押さえてやがる」

それを占領するのか破壊するのかわからないが、日本の工業力の七割近くを支える太平洋ベルト地帯がオビックに支配されれば、そのまま地球の工業生産力に影響する。

「船務長、戦闘準備」

普通の護衛艦では兵器担当は砲雷科だが、総員五〇名のなち型では、兵器担当も船務長の傘下となる。

「高高度対空誘導弾、発射準備！」

船務長の命令に従い、担当者が専用のコンソールから高高度対空ミサイルの使用準備を進める。もっとも外から護衛艦を見れば、VLS（Vertical Launching System：垂直発射システム）のハッチが開いたのがわかる程度だ。

そして宇宙船群は、そのまま一時間ほどで強引に低軌道まで遷移してきた。西田は軌道力学の専門家ではなかったが、宇宙船群の移動が、人類がいままで行なってきたようなエネルギー効率の良い軌道遷移とはまったく別物なのはわかった。どういう意図があるにせよ、オビックには宇宙船のエネルギー効率など無視できるだけの余裕があるのだろう。

宇宙船群は四八隻が別々の目標に向かって降下を始めていた。それらの軌道は高高度から垂直に落下したとしか思えないものや、極端に偏心したものであった。だが宇宙船の軌道は、地上や航空機のレーダーにより高い精度で求められている。日本列島の周辺でもEWRDが周辺領域を全方位で観測している。

同様の観測結果はそのままIDSPにより共有されていた。使用するレーダーについては各国の最高軍事機密であったため、ここは最大公約数的なレーダーの性能が設定され、それに基づいたデータだけが共有化されていた。それでも全長五〇メートルの宇宙船の位置を高精度に特定するには十分だった。

護衛艦なちの戦闘システムにも、IDSPで分析された宇宙船の座標がダイレクトに提供されていた。

日本に接近する宇宙船は同じ軌道傾斜角を移動する点では共通だったが、日本列島へ高度を下げるに伴い、四隻すべてが別々の軌道で降下態勢に入っていた。ただＩＳＡの分析結果は、宇宙船はすべて同時に降下すると予測していた。

ただ西田艦長はオビックの戦術がどうも理解できない。迎撃を回避するために直前に軌道を混乱させたところまでは理解できる。しかし、エネルギーの制約がないならば、もっと強引な軌道変更が可能なはずで、五つのグループに分散した四八隻の宇宙船が軌道傾斜角だけは律儀に守るというのでは、軌道を混乱させる効果を半減させるだろう。

同時攻撃にこだわったのも解せない。四八隻ではなく四八〇〇隻の宇宙船なら、同時降下は人類に対して飽和攻撃になり、迎撃は著しく困難になっただろう。それであるなら直前の軌道改変も意味を持つ。

しかし、たった四八隻なら、全機迎撃は十分可能だ。事実、ＩＤＳＰの情報では各国の迎撃システムが照準を完了したことを報告し、それには日本も含まれている。

「やはり戦争の歴史がないんですかね？」

同じような違和感を感じたのだろう。三木船務長が西田に述べた。

「戦争の歴史がない文明が、ここにきて侵略を発明したというのか？」

そんなことがあるだろうか？　西田には信じられない。それは人類の偏見かもしれなかったが、戦争の歴史がない文明だからこそ、侵略などという未知の分野には手を出さないのではないか？　どうにもわからない。

そんな時だった。ＣＩＣのどこからか振動と、遠くからの轟音。そしてモニター表示に伴う警報音。

「何だと！　弾道迎撃ミサイルが発射されただと！」

それには艦長だけでなく、船務長や他の幹部たちも立ち上がっていた。差し迫った緊急事態でもない限り、護衛艦なちの弾道迎撃ミサイルが遠隔で発射されるようなことはない。今回にしても西田が発射命令を出すことは確認されている。

だがそんな命令などなく、ミサイルは発射された。最初に二発、さらに打ち上げの相互干渉を避けるために二発。現在のところ四発が打ち上げられた。

ＣＩＣのモニターでは、日本列島が白線で覆われていた。なちの僚艦五隻だけでなく、イージス艦などからも迎撃ミサイルが放たれているからだ。なち型からだけでも二四発。イージス艦や最新護衛艦、陸自のミサイル拠点を含めれば、一〇〇発に迫る弾道ミサイルが発射され、四隻の宇宙船に向かっている。

「船務長、司令部に確認！　ミサイル発射を実行したのは誰か！」

三木はすぐにＩＤＳＰ経由で、司令部に確認する。正直、西田は自衛隊の最高指揮官である内閣総理大臣あたりの命令かと思った。護衛艦隊司令部の命令だけでは陸自のミサイルは動かない。だが三木からの報告は予想外のものだった。

「陸自については照会中ですが、護衛艦についてはすべてＩＳＡの判断により、標的の選定、発射タイミングなど自動で行われたとのことです」

「自衛隊のＡＩが、ミサイル発射を判断し、実行したというのか！」

そんな馬鹿なことが起こるのか？　西田艦長の率直な感想だった。だが三木は艦隊後方部からの説明を伝える。

「現時点では現象の解析中です、弾道ミサイルに対する特措法ではＡＩの判断での自動反撃は想定されておりませんが、否定もされていません。システムとしては可能です。発射準備は人間が済ませていましたから」

「そんなことを言っても……」

西田艦長は言葉が続かない。そして目の前のモニターでは、日本に着陸を企てていたらしい四隻の宇宙船が、一〇〇近い迎撃ミサイルの攻撃を受け、モニター上から消滅した。

それは日本だけでなく、ユーラシア大陸を目指していたもの、アメリカ大陸を目指していたものなど、四八隻すべてであった。

この防空戦闘だけで、世界全体では一〇〇〇発に迫る弾道迎撃ミサイルが消費されたという。さすがにオビックの宇宙船の中には、遅まきながら回避を試みたものも何隻かあった。それでも迎撃ミサイルの密度は圧倒的であり、一番最後まで生き残った宇宙船もアフリカ上空で撃破され、レーダーから消滅した。

人類の勝利だった。しかし、護衛艦なちのCICは素直に喜べる空気ではなかった。西田は思う。

「勝ったのは、我々なのか？　それともISAなのか？」

二〇三X年六月二三日・アフリカ中央部某国

その鉱山は、詳しい業界人以外にはあまり知られていなかった。そこは多量の金を産出していた。かつてはワグネルの名前で知られるロシアの民間軍事会社が鉱山利権を確保し運営していたが、いまは紆余曲折の末に同じロシアの民間軍事会社であるスペクトラム・タクティクス社が管理していた。

同社は現地政府から反政府勢力の掃討を請け負っており、国軍の教育や機材の手配、実戦指導を行うだけでなく、反政府軍の捕虜の社会復帰事業も手がけていた。つまり捕虜は食事と最低限度の生活必需品をもらうだけで、鉱山労働に従事し、勤労を学ぶのである。最近では捕虜だけでは足りず、一般犯罪者の更生事業も請け負っていた。もちろん待遇は捕虜と同等だ。

ジーン・ボカサは反政府軍の人間でもなければ犯罪者でもなかった。彼はＦＡＯ（Food and Agriculture Organization of the United Nations：国連食糧農業機関）の職員だった。内戦で荒廃した祖国の農村復興のために国連職員として働いていたのだ。ところがある日、道路でトラックがエンストしていたところをスペクトラム・タクティクス社のトラックに拾われ、自宅に送り届けられることもないまま、鉱山で働くこととなった。自分は国連職員であると主張したが、民間軍事会社の兵士たちは、彼の身分証を焼却してこの問題は終わった。どうやらＦＡＯの活動自体がここでは歓迎されていないらしい。

鉱山は監獄とも収容所とも違った、小さな都市である。部屋は与えられているが、格子もなく、ついでに言えばドアもプライバシーもない。

都市というが、鉱山関係の各種の工場が併設されている中で、生活必需品を販売する店舗が並ぶ狭いエリアが存在しているだけだ。貨物用のコンテナを店舗に改造したものが並べられているが、それでも複数の商店があり、定期的に売春宿も開かれる。マンションの多くは使われていない廃坑だったが、ガス爆発を防ぐ意味もあり、換気は十分で、電気も水道も使えた。水なんて鉱山なら幾らでも湧いてくる。イオン交換樹脂にかけて濾過《ろか》して蛇口から流せば、文句を言う奴はいない。

かの如く、この街で生きていくためのものはすべて手に入った。ただ鉱山の労働で対価を払うことになる。スペクトラム・タクティクス社が決めた労賃で、彼らが経営する商店の品を買う。日給は一〇〇ユーロとなっていたが、一日の食費の払いだけで八〇ユーロ引かれる。そんな経済だ。鉱山の労働者は刑期を終えるか、死ぬ以外には街から出られなかった。だからこの鉱山の存在は秘密にされていた。

ジーン・ボカサも最初の頃は脱走を試みた。しかし、すぐに無駄とわかった。現在位置もわからず、自分の村の方位もわからない。しかも徒歩で荒野を何日も歩くなど不可能だ。そのために食料を溜め込むだけで密告されてしまうだろう。

結果として、彼はロシア兵や国軍兵に殴られながら、鉱山で働くしかなかった。外部との連絡手段はなく、情報もほぼ入ってこない。極論すれば今日が何日かさえもシフト表の日付でしかわからない。

そうした中、ボカサはここしばらく深夜労働のシフトに入っていた。鉱山は二四時間体制で、夜勤の方が給料がいいからだ。彼は考えた、ここで連中の信用を勝ち得て監督にでも抜擢されれば、脱出のチャンスは広がると。何人かいる監督の中には、ロシア兵たちと売春宿に繰り出す連中もいる。スペクトラム・タクティクス社の兵士たちは、鉱山からの利権で潤っていた。無論、鉱山労働者との比較でだが。

そうした深夜労働を終えた時、空はまだ暗かった。それを目撃したのは、シフト表を信じるなら六月八日だった。

「おい、あれは何だ!」

仲間の一人が坑道出口から地平線の方を指差す。何か飛行機のようなものが燃えながら地面スレスレに飛んでいる。山脈の稜線でときどき姿は見えなくなるが、墜落するのは時間の問題だった。

「反政府軍の飛行機か?」

「俺たちにそんなものがあったか? 政府軍だ」

そんな会話を耳にしながら、ボカサらは廃坑の宿舎に引き上げる。この辺の勢力分布は複雑だ。政府軍と反政府軍がいて、それとは別に自分たちの土地を守ろうとする民兵組織がある。国連職員時代はそれらのバランスの中でボカサも働いてきたのだ。しかし、それも今の彼には遠い過去だ。いまはベッドのことしか頭にはない。そして泥のように眠る。

謎の飛行物体のことなどすっかり忘れるなか、二週間が経過した。その朝も目が覚めたのは空腹のためだ。それとあちこちで起こる悲鳴。

廃坑の宿舎から同じように夜勤明けの連中が顔を出し、外に出る。

「何だこれは！」

叫ぶ者、悲鳴をあげる者、さらには嘔吐する者。昨夜までこの鉱山を支配していたロシア兵の死体があちこちに転がっている。監督や鉱夫の死体も少なくない。そして全員が首を刎ねられていた。

呆然とする鉱夫たちは、自然と広場に集まる。

あまりの惨状に悪霊や悪魔の仕業と思ったのか、その場に座り込んで何かの経典の文言を唱えるような者もいた。しかし、ボカサが真っ先に思ったのは、ここから脱出できるということだ。

ロシア兵や監督は死んでいたが、高機動装甲車や武装トラックは残されている。日本製のピックアップトラックで、彼が農業指導で働いていた農場でも使われていた。

「脱出するぞ！　ここから出るんだ！」

ボカサの呼びかけに答えた鉱夫たちは意外に少なかった。誰もが状況を飲み込めないからだろう。

それでも数人の鉱夫が同調し、とりあえず彼の農場に向かうことになった。車両にはありがたいことにカーナビがある。これなら農場に戻れるだろう。ともかく他の連中が動き出す前に、トラックに水と食料、そして幾らかの金塊を積み込む。

そうして彼らのトラックが鉱山のゲートを抜けると、やっと鉱夫たちは状況を理解して動き出したようだ。だが、ボカサたちは単独で進んだ。

「止まれ！」

ボカサは助手席で叫ぶ。前方から民兵の車両が三台現れる。彼ら独自のマークで、それはわかった。とりあえず民兵に合流できれば、ボカサを悪いようにはしないだろう。

しかし、状況は予想外の展開を迎える。民兵を乗せた三両のピックアップトラックは、ボカサの車両を取り囲み、銃を向ける。民兵の中には彼を知っている者もいて、互いに再会の喜びを表情に表した。それでも銃口は彼に向いている。

その理由はすぐにわかった。民兵の指揮官の横にパイプでできたようなロボットがいて、それが指揮官の首に刃物を突きつけていた。

「ともかく、おとなしく、鉱山に戻ってくれ」

状況はさっぱりわからなかったが、多勢に無勢でボカサたちは鉱山に戻った。戻って驚いたのは、そこにはロシア製の装甲車だけでなく、政府軍側のフランス製の装甲車があり、ロシア兵や政府軍の兵士が、先ほどのロボットたちにより跪《ひざまず》かされていることだった。

総勢で三〇人ほどか。ボカサもその中に加えられる。

この場を支配しているのは、パイプのようなロボットなのか？　彼がそう思った時、ロボットたちが二手に分かれて道を作る。そこから現れたのは一人のアジア人だった。男は意味不明のことを長々と話す。どうやら複数の言語で同じことを繰り返しているらしかった。だからボカサに聞き取れた言葉は短かった。

「自分はこの土地の管理者である、日本陸軍中尉、山岡宗明だ」

本書は、書き下ろし作品です。

著者略歴　1962年生，作家　著書『ウロボロスの波動』『ストリンガーの沈黙』『ファントマは哭く』『記憶汚染』『進化の設計者』『星系出雲の兵站』『大日本帝国の銀河』『工作艦明石の孤独』『コスタ・コンコルディア　工作艦明石の孤独・外伝』（以上早川書房刊）他多数

HM=Hayakawa Mystery
SF=Science Fiction
JA=Japanese Author
NV=Novel
NF=Nonfiction
FT=Fantasy

知能侵蝕《ちのうしんしょく》２

〈JA1571〉

二〇二四年四月二十日　印刷
二〇二四年四月二十五日　発行
（定価はカバーに表示してあります）

著者　林《はやし》　譲《じょう》治《じ》
発行者　早川　浩
印刷者　西村文孝
発行所　株式会社　早川書房
郵便番号　一〇一‐〇〇四六
東京都千代田区神田多町二ノ二
電話　〇三‐三二五二‐三一一一
振替　〇〇一六〇‐三‐四七七九九
https://www.hayakawa-online.co.jp
乱丁・落丁本は小社制作部宛お送り下さい。
送料小社負担にてお取りかえいたします。

印刷・精文堂印刷株式会社　製本・株式会社フォーネット社

ISBN978-4-15-031571-9 C0193

本書は活字が大きく読みやすい〈トールサイズ〉です。